叢書・ウニベルシタス　1078

アルペイオスの流れ

旅路の果てに

〈改訳〉

ロジェ・カイヨワ
金井 裕 訳

法政大学出版局

目次

アルペイオスの流れ——旅路の果てに

プレリュード

この著作で、私は括弧という言葉をほぼ私の全人生を、つまり文字が読めるようになった瞬間に始まり、私の勉学、読書、研究、関心、そして私の書いた本の大部分を含む人生を、逆説的に指すものとして用いている。ある日、私は自分がこの人生からほぼ完全に切り離されていることに気づいた。アルペイオスの流れのことが、海から出てふたたび川となる流れのことが思い浮かんだのはこのときのことだった。ギリシアの古伝承は、数行、この流れについて触れている。それによれば、アルペイオスの流れは地中海を横断したのち、シラクサの正面に浮かぶ小島オルテュギアに達するということだが、そのとき、この自由の身になった流れは、あのとき私が感じていたのと同じ思いを抱かなかったかどうか、私はたわむれに自分に問うてみたのである。

つい最近、私は伏流しては再び地表に現れる水の流れのイメージを、さまざまの二重写し(1)と反響《こだま》の例証としてたまたま利用したことがあったが、これらのものは、私の考えでは、自然がその異なる界を通して見せる種々の形態と運動とのあいだ認められるはずのものであった。いま私は自分が同じ宇宙のものであることを知っているが、そうである以上、私が同じ運命に委ねられた者であり、どこかアルペイオスの流れのようなものであることを認めるのにどんなためらいもない。今度は私が、やがてたどり着く岸で再び川にもどる番だと思うのである。私は新しい岸にたどり着く。小さな、私的な生活を私は再び見いだすが、そのうずくような記憶を、私は潮の流れにもかかわらず失わずにいたのだった。それでも私の身には、塩が、沃素が、海藻が、そして海の茫漠とした広大無辺の広がりが、つまりこの場合に即していえば、言葉の、議論の、迷宮のような思弁の、思考の無益な建築の酩酊が染み込んでいることにおそらく変わりはないのである。

だがそれにもかかわらず媚薬は、いまやその力を失った。

私は難破を免れた流れとして、自分の水を分離し、寄せ集め、そして水のために河口を穿ったが、それは新しい旅立ちであった。この点で、私は伝承を変えなければならなかった。海から生まれた流れであるアルペイオスの流れは、ありふれた流れであるはずもなく、逆の、いわばシンメトリックの流れであろう。その流れが勢いと力とを失い、坂を登り、フィルムの逆回転のように逆流するさまを私は想像する。水量は徐々にすくなくなるが、逆に透明度は増してくる。そしてやがて自分がそのなかに姿を消すであろう裂け目に近づいたことを嬉しく思うのである。流れは、その裂け目が海の冒険に旅立つ前に自分を生んでくれたそれに似ていることをもう見抜いている。それはいくつもの流れを、河口へ、デルタへと流すほんとうの泉のように、あるいはまたよくあることだが、流れを見捨て忘れ去ってしまうほんとうの泉のように、ささやかな、どうということもない裂け目である。そのとき、流れは不毛の広がりの犠牲になるどころか、砂漠の砂に吸い取られるか、不思議な、予見できぬ何らかの滅亡のなかに呑み込まれてしまうのである。

　アルペイオスの流れは、おそらく類例のない運命を経験した。これに触れている暗示的な伝承は、ただ私にモデルを提供してくれただけだが、この流れの運命と私のそれとのあいだになぜ一種の類似が存在するように思われたのか、この間の経緯を、理由を、事情を書くとなると私にはモデルがなかったのである。とはいえもちろん、問題はひどく曖昧な隠喩にすぎない。つまり半睡状態のなかにいきなり姿をあらわし、私たち自身にもよく説明のつかなかったものの上に、突然、一条の閃光を投げかけるように思われる、あの関連づけのひとつなのである。

第Ⅰ部

一　昨日はまだ自然——最初の知

私が生まれて一年経つと間もなく、一九一四年の戦争が勃発した。当時の人々の噂にたがわず、敵の進撃は目にもとまらぬものだった。私の生まれた町ランスは占領された。どうやら私は、ドイツの兵士たちに揺りかごをゆすられながら寝かしつけられたようである。間もなく、人々はランスを立ち退いた。暫くあちこちを巡り歩いたのち、私は父方の祖母の家で最初の数年を過ごしたが、そこはヴィトリ＝ル＝フランソワから数キロ離れたヴィトリ＝ル＝ブリュレ村の小さな集落だった。戦場には近かったが、厳密な意味での戦争の影響はみじんも及んでいなかった。兵士たちは前線への往き還りに姿を見せるだけだった。

私はここで、一人のひどく幼い子供の目に触れ知に訴えてくるような村落の自然と生活以外のものについては何も知らぬ、のどかな幼年時代を過ごした。実をいえば、私は世界について知っていたが、しかしそれは自分が見、聞き、吸い込み、あるいは匂いをかいだものに限られていた。私は道の外で、遊び仲間もいなければ、本も、絵本さえもなく、テレビの画面はもちろん、映画のスクリーンも知らずに、ただ生い茂る雑草と、さまざまの穂、樹木、動物、そして自然の匂いとの親しい交わりなかで成長したのである。もちろん人々との親しい交わりはあったが、しかしそれは私と同じような苦境にあるか、それに近い状態にある人々であり、同じ条件のもとに生活している人々であった。

私の記憶のなかでは自分が実際に経験したことと、のちに人々が私に語ったこととの区別がつかない。人々の語る話と現実の事実は、ともに同じように強い印象を私に与えた。村の年がしらともいえる老人たちは、私の大叔父レクリヴァンの話になると、丁重な言葉を使ったものだが、大叔父は四旬節になるとその期間中は庭の奥の粗末な小屋に引きこもり、パンと水のほかは何も摂らなかったということである。私は大叔父に会ったことはなかったが、孤独と断食とに耐えているのだと思うと、私には彼が一段と立派な人間のように思われるのだった。また食卓では、子供たちは、いや大人たちでさえも、彼の質問に答えるとき以外は口をきいてはならなかったとのことである。こういう大叔父の厳しさに私は感動するとともに怯えたものだった。口にこそ出していう勇気はなかったが、彼の死んでくれたことが嬉しかった。彼の家がどんな家だったのか記憶にも残っていない。だれかが教えてくれたに違いないが、私はその家が怖かった。おそらく目をそむけてしまったのだった。

　私は私たちの家の屋根裏部屋の下の部屋に何度か入ったことがあるが、その部屋の臭気に思わずたじろいだものだ。そこにはひどく年をとった、中風病みの女の人が臥せていた。彼女は寝たきりだった。彼女は身内のひとりだった。だから私は毎年、新年の挨拶のために彼女のところへ連れていかれたのだろう。彼女にキスをしなければならない瞬間のことが何日も前から私には心配でならなかった。

　悪魔に取り憑かれ、ヴィトリ＝ル＝フランソワからやってきた教会参事会員から悪魔祓いをうけたのは彼女だったのか、それとも彼女の母親だったのだろうか。彼女の死後、私は彼女のことをとても誇りに思うようになったが、とりわけ中世を舞台に悪魔祓いの場面が描かれている本をいくつか読んだときはなおさらだった。そういうとき私は、祓魔式の祭服を着込み、キリスト十字架像と灌水器とをもち、数年前、私が怖くて逃げ出した、あの胸のむかつくような臭気を発散させている小柄の、ひどく醜い老婆に向かって、「サタンよ、うせよ」と告げる尊い僧の姿を想像してみるのだった。彼女が若かったはずだとはつゆ思ってみたことはなかった。けれども本のなかで悪魔祓いをうけるのは若く美しい女たちであり、彼女たちは身もだえ、逆上し、髪を振り乱し、そしてほとんど禿げてはいないのに、頭にはきたないボンネットを被っていたが、それは顎の下に結ばれた細紐で頭の上に固定されているのであった。

私の祖母は文字が読めた。彼女は当時のみごとな書体で字を書いたが、自分で使わなければならない字を書くときには、当時、片田舎でさえ行われていたように、まったく非のうちどころない正書法だった。彼女は海というものを一度も見たことがなかった。あるとき、私の父がランスの劇場へ彼女を連れていったことがある。たまたまある歌劇団によって『ファウスト』が上演されていたのだが、父が私に語ったところによると、それからというもの、父が劇場に出掛けると、祖母はメフィストフェレスが芝居のなかでどんなことをするのか必ず尋ねたということである。まるで堕天使にはどんな芝居にも演ずべき役があるのは当然のことでもあるかのように。

祖母は一冊の雑記帳をもっていた。そこには第二帝政期のシャンソン、「シリアへの旅立ち」をはじめそのほかのシャンソンがみごとな字で書き込まれていたが、そのなかのひとつに私はひどく怯えたものだった。そのシャンソンでは悪魔が六ピエ[1]の人間となって現れ、その両眼からは〈緑色の炎〉がほとばしっているのだが、この六ピエを私は六本足と取り違えていたのである。そのため私の恐怖はますます募った。彼女が私に特に教えてくれたのは、当時、人々が「聖史」と呼んでいるものであった。

私は彼女と一緒によく落ち穂拾いに出掛けて行ったり、リンゴを摘みに行ったものである。私は路傍に生い茂っているとりどりの草を、そしてときにはウサギを取り逃がすこともあった粗末な菜園に咲いている花々をそれとして確認する（名前にもとづいて知る、ということだが）ことを学んだ。そしてまた種々の穀物を、クローバー、ムラサキウマゴヤシ、タデヤマオウギなどといった飼料用の植物を、木々を、チョウを知ったが、チョウはいまでもその翅を傷めずに捕らえることができる。池の昆虫についてその名前を知ったのは、やっと十歳のころ、町に行ってからのことである。だが私は、池の昆虫をはっきり見分けることができた。ミズスマシと、その黒い翅鞘が閃光を散乱させているかとも見まがうばかりの急激なその旋回、ゲンゴロウと、その醜く残忍な幼虫。これは歯をもった白い、目立たないウジで、トンボの幼虫とほとんど同じで、またそれと同じようにイモリやオタマジャクシの腹を食い破って贓物をむさぼるのである。イモリとオタマジャクシ、この青白く、ふにゃふにゃした二つの怪物を私は手づかみにする勇気はほとんどなかった。私は扁平で幾何学的な、灰白色のタイコウチに魅せられていたが、それはまったく泳ぐことはなく水の底をゆっくりと這って歩くのである。頭部には大きな折れ曲がった鋏がいくつかついているが、それはきわめて脆く、どう見ても何かを切り裂いたり捕らえたりする役には立ちそうもない。灰色の胴体の後ろには鋏よりもずっと謎めいた、堅くて細い二本の繭糸がついている。後年、私は標本制作者たちのところで、その扁平なところがタイコウチを偲ばせるところからモルモリス(2)を、そしてまたモグラぐらいの大きさで、モグラと同じように土を掘り、おまけに戦車のような胸甲をつけて水ではなく熱い海の底を、これまた這いまわっていると想像されるので、その色彩のほかには何ひとつタイコウチを偲ばせるもののないカブトガニをさえ買ったが、それもこれも、思うにタイコウチの名誉のためにしたことなのである。

私は、あちこちにぶつかりながら飛んでゆくコウモリを追いかけたり、そうかと思うとマクログロスの、(3) 身じろぎひとつしない飛翔を観察したものだが、マクログロスは蜜を漁っている花から二センチのところに立ち止まっているので、その細かく震えている翅よりは細い吻菅で空中に吊されているように見えるのだった。私はまだクワガタムシの立ったままの飛翔のことは知らなかった(この地方には柏の木はまるでなかったのである)。それはまったく奇妙なもので、何回か夢にさえ見たと思っているが、クワガタムシは騎馬試合の兜の恐ろしい紋章に似た角《つの》を上方に立て、六本の脚は空中に開いたまま、大きな円軌道を描きながら夕暮れのなかを移動してゆくのである。

祖母はまた星の名前を私に教えてくれた。私は星の輝き、等級、方位に応じて、あるいは星と星とで一種の図形ができている場合に、星の位置を知り星を見分けるやり方を教えてもらったが、しかし私には星を見分けるのはとても難しかった。ただこのため、こういう星の図形を喚起する詩句への私の一種特別な嗜好は現在にまで及んでいるが、こういう図形の唯一の目印は、夜空に輝く光点である。そんなわけでペギーの場合、エデンの園の夜が簡潔に喚起されるが、もうそこには、

連結された七つの鋲が大熊座をくっきりと浮かび上がらせていた
あるいはまたデスノスの場合は、

その昔　さる天文学者が星座のなかの天の地図に
星を結んで描いた　その躰
そのあらわな躰は
諸国民の争いのもととなった躰のひとつ

もちろん、こういう境地は私にはほど遠いものだった。私の場合は、どこまでも感情的な反応が問題なのだ。三十年後、夜になれば空にはいつも星の輝いている、オート・ピレネー県のジェードルで、私はよく夏の休暇を過ごしたが、そのジェードルで子供たちにどんな星の名前を知っているかと尋ねると、彼らがまったく例外なく驚いて私を見つめるのを知ってショックを受けたものだった。それでいて子供たちは、毎朝ルルドから登ってくるクルマの特徴をけっして見誤ることはなかったのである。だが、かつて羊飼いたちは……

私は、私の生活のなかで現在きわめて大きな役割を果たしている鉱物については、ほとんど何も知らなかった。堆積性の平野には鉱物の数はすくないからである。もし同じ年齢のときにオーヴェルニュ地方かアルプス山脈で生活していたなら、おそらく事態は異なっていただろう。シャンパーニュ地方はどこも白亜層に覆われている。けれど白状しておかねばならないが、この地方のある地域にはふんだんに見られる白鉄鉱の団塊に私は惹かれることさえなかったのである。だが団塊の放射状の内部、金属性の光沢のある内部には想像力を刺激するものがあったし、おまけに団塊は雷とともに落ちてきたものといわれており、いわば雷の凝固したもの、つまりは稲妻のなれの果てであった。私自身がこういう団塊をみつけたことはなかった。それにおそらく捜してもみなかった。丸い団塊のいくつかを貰ったことはあったが、ろくに眺めてもみなかった。つまり、それらは私の〈宝物〉の一部ではけっしてなかったのである。その、いわゆる天上起源も（隕石に夢中になるはずの私に）何の印象も与えなかった。要するに、鉱物界はほとんど私の注意を惹かなかったのである。

これに反して、私は（しかもいまだにそうだが）匂いには極度に敏感だった。ある種の匂いには胸がむかついたものだ。たとえば、搾りたての生あたたかい牛乳の匂い、砂糖入り牛乳のなかにグロ・パンを浸してつくる夕餉のスープの匂い、あるいはスノコで水を切っているときの白チーズの匂いなどである。また別の匂いには思わず鼻孔が広がったものだ。たとえば、驟雨のあとの、しっとりと濡れたポプラの落ち葉の敷物の匂い、製材所を横切りながら、その香りを吸い込んではうっとりとなった、真新しい木材の、淡黄色のオガクズの匂い、蹄鉄工の作業場の、赤く焦げた蹄の匂いである。また私は、強烈な、みだらな（そう、人をよろめかすような）匂いが好きだった。こういう匂いを好んでかぐといっては非難されたものだった。おそらく、この非難が原因になっていたのだろうが、これらの匂いをかいでいると私には何か知らぬ不純なもの、禁じられたものが連想されてくるような気持ちになるのだった。たとえばそれは、汗だらけの馬の発散する匂いであり、水肥溜めの、日の光をあびている堆肥の匂いであった。

咳が出ると、私はヨードチンキを混ぜた熱い牛乳をよく飲まされた。熱が出ると、オレンジの花かサクランボの果柄の煎じ薬を飲まされ、打撲を負うとアルニカの湿布をしてもらい、擦り傷には銃創治療薬をぬってもらった。一度か二度、私はカラシ粉の湿布をしてもらわなければならなかった。けれども戸棚のなかに並んでいる吸玉のコップの世話にはならなかったし、それよりなにより、重傷の場合にそなえて飼っておいた、貯蔵ビンのヒルの世話にはならずに済んだ。私はヒルが怖くてならなかった。一度、裸足で池に入り、ヒルに脚を吸いつかれたことがあったからである。恐怖と嫌悪のあまり、私はわめき声を上げたことだろう。

私は自分の遊び道具は自分で作った。たとえば、一本の細紐とハシバミの小枝で作る弓。ヤナギの五本の棒で骨組みを作り、果樹の幹から採取し、ぬるま湯で割った、透明なゴムのような樹脂ではりつけた古紙と、全体のバランスをとるための油紙で翼を作る、槍の形をした凧。よくしなる小枝で作る釣り竿。糸巻きからあらかじめ取っておく縫い糸。そして釣り針に使う曲がったピン。餌は小さく切ったミミズ。けれどもこういう粗末な用具で私の捕ったものといえば、共同洗濯場に流れ込んでいる小川のトゲウオだけだった。

私は長いあいだ金属製のひとつの道具が欲しくてたまらなかった。それが犬を繋ぐ道具に使われているのを見たことがあったのだが、とうとう祖母が私のためにそれを町に注文してくれた。それはムスクトンだった。つまり、バネのついた一種の錠のようなもので、それを鎖の先端に取りつけ、卵形の孔を使って犬の首輪に取りつけるのである。キラキラ光る金属性の、ほぼ球形の玉を動かすと、それにつれてムスクトンは開いたり閉じたりするが、この玉が溝に滑り込むと、道具のバネが伸びたりちぢんだりするのである。これは私にとって、ある未知の世界から生まれた不可解な機械仕掛けであり、子供たちはこの世界に近づくことはできないが、それでいて奇妙なことに、ドアの錠前や鋤、あるいは草刈り機といった、これよりずっと複雑な器具類はけっしてこの世界の一部ではなかったのである。

後者の器具類についていえば、子供たちは、それをいじれば怪我をする危険——まったく世俗的な危険だ——があると注意されていただけだった。それにひきかえ、ムスクトンの存在そのものは、ある絶対的な沈黙に覆われていた。ムスクトンで私にとりわけ強い印象を与えていたひとつの特徴がある。それは幅の広い側面の、やや扁平の卵形の隙間がウサギの腰の骨の隙間に似ていることであった。私たちはウサギの腰部をよく食べたものだが、そういうとき私は、その幅の広い部分にひとつの孔があいており、スプーンの柄の形になって終わっている、この骨を覆う部分肉を必ず選んだものだった。ムスクトンは不可解な孔のあいているスプーンでもあったのである。

私は一般化しようとは思わない。しかし右のことを考えるとき、この突飛な関連づけこそ、後年私をして、自然の産物と産業のそれとを分離している境界をいとも頻繁に、そしていとも無造作に跳び越えるように促した最初の類推であったということもまったく考えられないわけではない。この類推のおかげで私は、ミツバチが蜜を作るからには人間の工場で銑鉄が作られるのも当たり前のことと思ったのだ。たぶん、この種の過去を回顧しての投影は信用しないほうがいい。しかしいずれにしても、そこには成長の可能性のある胚種が、持続的で、実り豊かな刺激があったのである。ムスクトンは、突飛な類似のゆえに、魔術的ではないにしても異常な何かを授けられたが、そのためそれは、さまざまの物の世界のなかでも一種特別な物であった。なるほど私は、ムスクトンにアラジンの魔法のランプそれのような不思議な特徴があるとは思っていなかった。それに、アラジンの魔法のランプの話はまだ聞いていなかった。にもかかわらず、このムスクトンをめぐる出来事は、次のような私の考えを強固なものにするのである。すなわち、現在の私ならさしずめ〈魔法の〉とでも呼ぶであろう一個の物の選択は、想像力のもっとも自然な傾向のひとつに対応するという考えを。

木々、昆虫、匂い、動物、星、そして遊び道具、これらのものが厳密には神秘的とはいえないが、しかし完全な、しかも開かれた世界を作っていた。この世界は、私がどんなに遠くまで旅をしようと、もっとも古い要素に新しい要素を加えつつ、これまでつねに豊かになってきたが、しかしどういえばいいのだろうか、いつもこれほど充実していた全体がそれだけ大きくなったわけではないのである。植物の、動物の、そして星の名前は、私の記憶のなかにさまざまの外国の音節を持ち込んだが、それというのも、これらの名前に相当するフランス語がほとんどなかったからである。私はこれらの名前をメモしたことはなかった。それらはおのずから、そしてそのまま私の記憶に残った。ここには習慣の力が与っていると思うが、同時にまた、ほとんどつねに原住民の言葉に由来するこれらの名称が、私には固有の名前のように思われたという事実も与っていたものと思う。ところで私は、植物あるいは昆虫の名前を、ほぼ星の名前として、つまり固有の名前、したがってある特別の尊敬を要求する権利をもつものとしていつも受け取っていた。日常よく使われている物、たとえば穀物とか家畜の場合はまた別であった。すくなくとも牝牛と馬については、問題は解決ずみであった。というのもきわめて数のすくなかった牝牛や馬には、いずれもその種名のほかに固有の名前がつけられていたからである。私は、たとえばチョウは、マカオン、パン＝デュ＝ジュール、グランド・トルチュ、ヴュルカン(4)等々の固有の名前をもっているものと心底信じ込んでいたのである。文法学の教授資格をもっている現在においてさえ、なお私は、これと反対のことを充分に納得しているわけではない。それに博物学者たちは、種を示すラテン語名には大文字を宛て、変種のそれには小文字を宛てている。後年、私が考えを変えることになったのは、ケチュア語あるいはグァラニ語(5)の異国的な響きのためではなかった。まるで逆である。この点において、私の子供の宇宙は、性質を変えることなく遠隔の地にまで伸びていたのである。

この宇宙はけっして密閉されたものでも、村の目の前の地平に完全に限定されているものでもなかった。いささか特殊なものであったことは認めるが、それは外部への開口部をもっていたのである。

週に一度、一台の二輪馬車が集落に食料品を運んで来た。カイファの「プランテーション経営者」のコーヒーの袋の上には緑と黄色のブラジルの国旗が広げられていた。私ははじめてそこに南十字星とオーギュスト・コントのモットー(6)が書かれているのを見分けたが、もちろん、それが何であるかは当時は知らなかった。ブルッカー・カカオの缶は、オランダ女性の被る帽子を私に教えてくれた。それはブリキ製の缶だった。缶にはみな絵が描かれていた。ひとりのオランダ娘が微笑みながら缶を差し出して見せているが、その缶にも別のオランダ娘が同じ仕草を繰り返しており、以下おなじような絵がつづいて、ついには絵が判別できなくなってしまうのである。私は子供だったが、この遠近法には際限がないはずだということを見抜いていた。[7] 宗派の刊行物「巡礼者」――それは司祭が毎週受け取っては、小教区の信者に回覧させていたものだが――から、私は世界は広く、そして多様であることを学んだ。けれどもそれは、印刷物から生まれた、おそらくは虚構の世界であり、その存在を私は完全には信じていなかった。

当時、私には後年自分が地球の多くの地方に、それも往々にして世にも辺鄙な地方に旅行し、敬虔な定期刊行物の味気ない挿絵が私に啓示してくれたものよりもずっと驚くべき、またずっと懸け隔たった、多くの驚くべきものをこの目で見るようになろうとは予想できなかったし――そういう望みを抱くことさえできなかった。

たぶん、このような少年時代はもう存在しない。

二　少年時代の豊かな刻印

ある種の少年時代、いずれにしろ現在ではますます見られなくなった少年時代。それは戦争のため完全に孤立したものだった。

だが同時に、この少年時代のある種の感情、ときにはきわめて曖昧で漠然としており、さまざまな事情からはからずも生まれた感情は、私の新しい記憶のなかにいくつかの印象を沈殿させたが、これらの印象は、そのとき何ら特別な注意を払わなかったにもかかわらず、私に深い刻印を残した。私はその痕跡を、というよりほとんど見分けがたい、その散漫な影響を、私の本のいくつもの展開なかに見届けるが、それはさながらこれらの印象が、まったく出所の異なる資料の密林に一本の道を切り拓いたかのようであり（たとえば、私が資料を記述するために用いた考証方法）、あるいは、これらの資料の解釈を示唆したかのようであり、さらにはまた、そのときまで、その密接な関係ないしは連関に気づかなかった現象に対して、特別ひとつの項目を立てるように私を促したかのようであった。もちろん、これらの記憶は、ときにはデッチあげられ、そしてほとんどつねに歪められたものであり、その役割は部分的なものではあるが、にもかかわらずそこには、いわば一種の発芽力とでもいうべきものがある。いずれにしろ、こういう役割は確信よりはむしろ推測に属する。相変わらず事後のことながら、私としてはこれらの記憶のものと見なしたい作用、その事例を――それもひどくちぐはぐな――以下、三つだけ挙げることにする。

★

繰り返すが、戦争であった。たしかに兵士たちは集落に宿営しているだけだった。短い幕あい劇。だが戦争に変わりはなかった。彼らは武器一式をもっていたが、軍隊らしい堅苦しさはなかった。砲架に横たわる大砲、何台かの弾薬車と移動調理車。彼らは私を楽しませようとして、ときには、兵器類を護送してきた輓馬に私を乗せてくれることもあった。夕方になると、これまたひとりの子供の気晴らしのために、弾丸から、ときには小ぶりの砲弾から火薬を抜き取り、それに火をつけるのだった。一条の大きな炎が急激に夜空を昇ってゆく。まずはじめに彼らの手でネジを抜き取られた、細長くて重い弾頭にも、薬莢にも手を触れることは許されなかったが、彼らがいうには、薬莢の雷塩酸の起爆薬がまだ危険だということだった。私は怪しいと思った。というのも、それは周りの銅よりもおそらく幾分か赤みをおびた、ほんの小さなドロップだったのだから。ときにはまた、彼らは榴弾をソー川に投げ込むこともあった。するとたちまち、とりどりの魚が腹を見せて水面に浮き上がってきたが、その白さといったら私の想像を絶するものだった。タモで魚を集めると、彼らは私の祖母にフライに揚げてくれるように頼んだ。こういう魚の捕り方は禁じられていると自慢したが、一方では「これが戦争というものさ」と繰り返しては、これも利用しない手はないとでも思っているようだった。戦争というものについて、私はランスへ行くまでは、こういうことのほかに何の考えももっていなかった。ランスに戻ると、私はほとんど完全に破壊された町の廃墟を通ってリセに行き、大きく口を開けている穴倉を避けるために、電灯を手にして暗闇のなかを戻って来なければならなかった。

★

残骸が私たち学童の、いつもの遊び場になっていた。私たちはよくそこで戦争ごっこをしたが、それはロッキー山脈が舞台の戦争ごっこで、先の戦争よりもインディアンの勇猛果敢な行動を真似たものだった。私はひとつの悲惨な出来事を思い出す。ある日の午後、私たちの仲間のひとりが肥溜めに落ちた。そして彼は、私たちが助けを連れてもどるよりも早く、汚水のなかで溺れ死んだのだった。その子は裕福な家の子で、いつもきちんとした服を着て、とても身だしなみがよかった。一方、私はといえば、両親の努力の甲斐もなく、極端にだらしがなく、汚く、髪はのばし放題、服はやぶけてしみだらけといった有様で、まさに〈浮浪児〉だった。俗にいう〈一分の隙もない服装〉をいつも欠かしたことのない子供、ほかでもないその子に突然ふりかかった運命は、私に消えやらぬ印象を残した。ただ私がいまに覚えているのは、生来強情だった私が、二度と廃墟に遊びに行ってはならないという禁令に二週間以上も従ったということだけである。それもやがて、子供の喧噪が勝利を収めてしまった。

たぶんまた私は、次のような戦争の最初の光景を、はじめそう思われたよりもずっと長く覚えていた——数々の見知らぬ機械、遠くにかかっている危険の後光、騒々しくもあれば楽しくもある大混乱、目のくらむような、そして害のない束の間の火事、昨日まではだれもそれに背こうとは思わず、また背く手段のなかった合法性を、突然これみよがしに侵すこと、そして最後に、あんな汚い目に遭おうとは夢にも思われていなかった子供の、汚物にまみれての死について突然に襲いかかってくる恐怖。もちろん私は、こういうものから祝祭の暗い写しともいうべき戦争についての観念を引き出したわけではなかった。けれども、これらの強烈なイメージ、喧噪、火薬と榴弾の湯水のごとき使いぶり、さかさまの世界、破壊されて子供たちに委ねられた町々、そして背景に現存している死、こういう思い出は、わざわざ喚起されたものではなくとも、私が戦争の観念を展開しようと思ったとき、戦争の魔力と人を熱狂させる騒乱とを想像力の気まぐれな仮説として排除するように導くものではなかった。私の理論全体が生まれたのは、聖なるものの研究からである。そこでは子供のころの思い出は、なんの役にも立っていない。純粋に社会学的な著作『ベローナ、あるいは戦争への傾斜(1)』の場合はなおさらである。にもかかわらず、これらの思い出は私の理論にまったく矛盾しないばかりか、この理論に、事後とはいえ、ひとつの確証を与えている。もちろん、私はこの確証を問題のうちに加えるつもりはない。問題のテーマとあまりに釣り合わないからだ。私が私の理論に見届けているのは、むしろ余分な、予想されていた確認であり、それは私の思い出の深部からおそらくは私の研究を方向づけ、あるいは私の研究と歩みをともにしてきたものなのだ。

★

私は廃墟と化した町が、無傷の町以上ではないにしても、すくなくともそれと同じくらい自然なものに見えるのを当たり前のことと思っていたが、廃墟はそれほどまで私には親しいものだった。この点については、現在の私の感受性の一特徴を与えるにやぶさかではない。私は私の遊んだ崩れ落ちた街を、あるいは懐中電灯で探検した穴倉を、古代の記念建造物の、壮大な、保存されている廃墟に同一視したことはない。雑草と野生の小灌木の生い茂るこれらの廃墟は、仰々しいものでもなければ、日常生活から切り離されたものでもなかった。それらは日常生活そのものだった。だから廃墟——これらのほんとうの廃墟——は、私にとっては最初から不思議なものにも、ましてや不吉なものにも見えなかったのである。

後年、ウルグアイのサンタ・ローザ地方で、往時のイエズス布教団の遺物、たとえば修道院を、また蔓植物に覆われた石垣と木状シダのはびこったパテオのある農業開拓地を、あるいはまた巨大な石仏の尊い御顔さえ破壊してしまった木々の根で、ばらばらに解体された、アンコール近くの寺院を見たことがあるが、こうしたものは私には冒瀆とも、災厄とも遺棄とも見えなかったし、人間の一時的な敗北とも見えなかった。むしろ人間とその記念建造物とがその一部である自然の、当たり前の、そして静かな歩みのように思われた。

だとすれば、現在に残る人間の遺物は磨滅したというよりむしろ自然の歩みと和解したのだ。人間自身もそれで気が休まり、罪一等を免じられたと思っている。これに反し、パルミュラ(2)のように砂漠のまんなかにそびえ立っている乾燥した廃墟は、古代の偉業の誇りをいまに伝え、鼓舞している。だが太古の森が苔と巨大な葉に覆われ、チョウとリスの棲み家となって再び君臨しているところでは、平穏が、つまり避けがたい結末の感情がすべてに立ち勝っている。だれにしてもこれを感じずにはいられまい。それは太古の森から、強烈なウツボカズラの香りのように流れ出す。その感応力は醒めきったメランコリーにはすこしも効き目はないが、放蕩息子を迎え入れる赦しのようなものに、長いあいだ求めても得られなかった不思議な親愛に似ている。

最初は白く、次いで赤くなり、それから黒くなるパラソル形の花をつけるニワトコ、爆撃を受けたランスの、煉瓦や建築用石材の上に伸び放題に伸びているイネ科の、背の高いとりどりの植物、こういったものは、大人になった現在でもよくわからない一種の好みをおそらく私に植えつけたが、私はこの好みを、植物に占拠された建物ばかりか、比較的まれな例だが、風景の配置をけっして損なうことのない建物にも及ぼしていたに違いない。こういう建物の建築構造は、もともと意図的に人目を避ける体《てい》のものであり、地表に聳え立ってはいない。いずれにしろ、地表に何らの輪郭も見せてはいないし、地表を変化させてもいないのである。

★

一般に考えられているよりも広範囲におよび、ずっと人目に立たず、またずっと巧妙な建築。もし有史以前の洞窟――これは建てられたのではなく、わずかに手を加えて住居として使われていたにすぎない――を無視するなら、おそらく「王家の谷」の地下墳墓は、こういう建築について意味ふかい最初の例を提供している。つまり、この地下墳墓は、人目を避けて、永遠に土中にあるように定められていた墓であり、そして地下墳墓にはそれぞれ壁画が、蠟燭か松明の明かりをたよりに描かれた、練達の技になる壁画がある。だが考古学は、私にとっては不可視の建築の本質的な特徴である、神秘的な要素を地下墳墓から失わせてしまった。

イスタンブールの「千の円柱[3]」の地下貯水池、これは一般に公開されてはいるが、それでもここには神秘的な要素がほぼ失われずに残った。いくつもの列柱が、黒曜石の鏡のなかででもあるかのように、黒く淀んだ水に影を落としている。探訪者は、ここではほとんどいつも孤独だ。池のなかを小舟に乗って廻ることができるが、小舟は物音ひとつ立てない。櫓が、密輸入か脱走の物語の場合のように、布にくるまれていたのだと思う。地下貯水池は古代ローマのものだが、町の東洋風の雰囲気、四方八方に見通しは開けているものの、闇のために最後の見届けられない円柱の連なり、これらが相俟って、いやでも思い浮かんでくるのはコルドバの「大モスク寺院[4]」である。このモスクは、悪魔の呪いで二分され、上下とも同じかたちに見える。この場合、おそらく見せかけにすぎない空洞の建築は、建築本来の使命にとっては障害である。

カッパドキアの教会堂は、軟らかい岩の細い尖峰にそっくりくりぬかれているが、これは侵食作用が残した石灰質の台地の遺跡である。積み重なった小礼拝堂－小房は、厚い仕切り壁のなかに作られた細い階段でつながっている。横向きになるか、膝をついてほとんど這ってゆくかしなければ、小礼拝堂によじ昇ってゆくことはできない。建物は上にあるが、ここですでにこの建物から理解できるのは、普通の建築の法則が転倒されているということである。石に穿たれた切り込み口から、室の内部にまで光りが届いているのがしばしば見られる。切り口窓が大きければ、ひとつないし二つの円柱がその飾りになっていることもある。私は、砕けてはいたが、こういう円柱のひとつの前に立ったことがあった。中間の部分が、つまりほとんど三分の一が欠けていた。ほかの場所ならどこでも必要不可欠な支えであるもの、その上部と下部とのあいだの空白、必要な支柱のなかのこの中断、しかしそれでも建物は、数世紀来、すこしの損傷も被ってはいなかったのである。奇蹟、対の小円柱が無傷のままなのを見ればなおのこと驚くべきものに思われる、この奇蹟は、一挙に私に新しい法を明らかにした。つまり円柱は、僧侶たちが集団移動をする前に回廊や教会堂のなかで見知っていた円柱の無益な模倣であり、実をいえば、使われていたのは一本の円柱であったということを。だが彼らが、その可能性をよく見極めもせずに端緒を開いたこの一本の円柱は、同じ隷属状態に従う必要はすこしもなかった。支柱は天井を支える代わりに天井から吊されることだって充分できたのであり、地に足がつかなくともこれまた一向にかまわなかったのである。

★

アジャンタの建築家たちはこの原理を極点にまで推し進めた。寺院は厚い岩の頂上部をそっくり全部きり抜いて建てられて（この言葉はもう正確ではない）いるが、その上には、どこの台地にも見られるように草や灌木が生い茂っている。あるいは、このほうがずっと多いのだが、脆くない崖の内懐に掘り込まれている場合もある。外部には透かし柱をはめ込んだ粗末な扉があり、この扉を通して磨かれた金属板が聖域の闇のなかに太陽の光を（いつからだろうか）投げている。入り口を過ぎると、もう闇に覆われた妖精の国だ。積み重なった、天井の高い礼拝室、豪華な階段、と思うとまったく実用的な階段、欄干、望楼、彩色された大きな柱、中央には祭壇があり、神々と女神たちの像が安置され、柱廊には神聖なゾウが広々とした台座の上にくつろいでいる。もっと前方は、回廊、掘って撤去された柱廊玄関、聖像の刻まれた広い歩廊となっていて、さながら知恵と忍耐で鉱物の大きな塊のなかに掘られた迷宮‐美術館だ。それはずっと規模は小さいが、どこかのミケランジェロによって『夜』が『奴隷』が堅い岩塊のなかに彫られながらも野外に置き去りにされているさまに似ている。もっとも、そもそもこれらの岩塊そのものは、真っ昼間、石工たちが額に汗しつつ石切場から切り出したものだが。アジャンタの場合、中央身廊、隣接する小礼拝室、聖具室、連絡通路、一群の神像、果てしないフリーズと付属物などを含む聖域全体が、つまりはいくつもの続き部屋と超人間の住人とをそなえた完全なパンテオンであり、それが厚い岩をすこしも断ち切ることなくそっくりそのまま抉り抜かれ、立ち現れているのである。私は、取り除くべき岩の容量を決め、崩落の危険に気を配りながら、一個の巨大な岩のなかに切り出された、何層にもなっているこれらの地下住居の設計図を描いている建築家たちの途方もない計画について考えた。彼らは、どうでもいいような最低の立像のスペースといったような、どんな小さな片隅の、どんな些細な細部にさえも、あらかじめ見通しをつけておかなければならなかったが、それというのも、独立の、そそり立つ立像、ただし岩から切り離されたものでも岩に取り付けられたものでもない立像、つまり岩の両側から彫ってゆかなければならないであろう手のこんだ余計な付属物、これに必要なニッチを、まわり一面なにもない岩のなかに確保しなければならなかったからである。私のいう意味はこういうことだ。つまり、立像のまわりに緻密で堅い同質の物質の裾を広げながら立像の表面を削ってゆき、ひとつの空間を、地球の充実からは永遠に切り離されてはいるものの未来の荘厳をうかがわせるに足りる空白の光背を手に入れる必要があったということである。

空洞の芸術家たちの究極の目的は何であったのか。困難を克服することか。これはいかにも世俗的な手柄というものだ。秘密だったのか。だが寺院は巡礼の場所であった。私に思い当たるのは、神秘と影とが信仰心を募らせたという事実だけである。つまり、死を免れぬ人間が全能の神々の姿を垣間見ることはほとんど不可能であるという事実を感じ取りたいという欲望、そして何よりも、現世と神とのヘソの緒は切りたくないという欲望。

　いずれにせよ私が強調せざるを得ないのは、問題はカルストの洞窟、しかもインドには一寺院が難なくそのなかに収まってしまうような大きな洞窟があるが、そういう巨大な自然の洞窟のなかに建てられた寺院ではないということである。アジャンタの場合、それはそれ自体が洞窟である寺院なのだ。それは岩の上に岩を組み立てて洞窟のなかに建てられたのではなかった。つまり敬虔な王子や向こう見ずな建築家たちは、ほかでもない寺院自体がそうなるところの供物のまわりから、その壮麗な姿を覆い隠していた余分の岩を取り除くことで、何もかも整った寺院として岩から出現させたのだ。彼らは供物を作ったのではない。いわばその上澄みを取ったのである。

　いま私は、シャンパーニュの町の、これまた有名な聖所のまわりに散らばる廃墟にはじまり、建立されたものではないということがその第一の、そして明白な特徴である、遠く遙かな寺院にまで私を導いていった道程を再現しようとは思わない。地中ふかくに保存されていたこれらの寺院は、浄化されたとはいわぬまでも、邪魔物を取り除かれたにすぎず、というよりむしろ、技師であると同時に彫像師でもあったであろう代々の鉱夫たちの労働にも似た、ほとんど矛盾した労働によって、岩塊に孔をあけ、風を通して解き放たれたものであった。

★

私は、人々の当惑を誘うアジャンタの建物でもって終わる道程の、いくつかの段階を可能なかぎり手短に要約した。論理的な、あるいは美的な論のすすめ方であったとはすこしも思わない。むしろ、ことの本質から逸脱したくないという漠然とした欲求につきまとわれていたといったほうが、ずっとありそうなことだ。地上に聳え立っているものは、倒壊を、あるいは崩壊を避けることはできない。ピラミッド、つまりすでに崩壊している記念建造物について提出されている説明も、これと別のことを語っているわけではない。この考えは、長いこと廃墟に慣れ親しんできた私には抜きがたいものだった。そして私は、やっとひとつの建築に出会ったが、それは最初から地中に埋められていたのではなく、地中に建てられ、しかも繰越金も出資金も出さずに地中のものでありつづける建築であり、空中の建築よりも巧妙な、地上への出現を可能にするために掘られた空洞に生まれた建築であった。その歩みによっても、またその概念によっても、鐘楼、クポール、ミナレットなど、高慢な、外部に姿をさらしている建物、つまり地上に加わりながらも地上の自然の配置をあざ笑っている建物のそれとは逆の建築。[5] 私がいかに無謀でも、ここからただちに建築の未聞のカテゴリーの定義を一般化するのはさすがにためらわれた。これらの引き算から生まれた秘密の建物のなかに、ほとんどこれ見よがしの反対称に均衡をもたらし、心からの償いを要求する写しを認めたのは、私の記憶のなかの何であったのか私にはわからない。

私は、ひとつの例外を除いて現在まで手をつけぬままに放置しておいたテーマについて、やや詳しく述べてきた。私の考察が、少年時代の崩れた壁と口を開けている穴倉のなかでの遊びを糧としたものであったとは思われなかった。もはや残されたことは、私が忘れずにいる最後の印象のひとつを、今度はきわめて簡単に思い起こしてみることだけである。つまりそれは、その影響力が断然もっとも確実であり、またもっともありふれた印象である。

★

問題は、きわめて間接的ながら、これまた戦争の結果である些細な出来事にかかわる。それは私の内部にパニックの種子を沈殿させたが、その種子は、子供がそれぞれ経験する甘美な、あるいは恐ろしい眩暈——恍惚の、あるいは恐怖の瞬間とも見極めがたい持続のなかで、私の場合は、まさに内臓の魂とでも呼ばなければならないものが動転するかと思われる眩暈——の先触れである。魂は動転し、どんなわずかの安定を得ようとする試みも、ことごとく魂の混乱に巻き込まれてしまうように思われる。

こういう恐怖のおののきは肉体の器官を揺さぶるだけだが、それでも意識を動転させることに変わりはない。破壊された町のはずれに、焼け残った格納庫と砲弾より悪天候でいためつけられた滑走路とをそなえた軍用飛行場が残っていた。一本の錆びた鉄塔がまだ立っていた。ある日、私はそこに登ることを思いついた。てっぺんに通じる鉄製の梯子はほとんど無傷だった。なかほどまで登ったとき、私は生まれてはじめて眩暈を——手のほどこしようのないままに私たちに近づいてきて、それを迎えに行くように命ずる無の、あの恐るべき上昇を——感じたのである。登りつづけることも降りはじめることもできぬという恐ろしい印象だけが動かしがたいものだった。私は無理矢理のぼりつづけたが、それは恐怖からでもあったし、強情からでもあった。気持ちが落ち着いたあとで、私は近くの横木の尖端を一足ごとにさがしながら、空の一点をみつめたまま降りた。

この災難について、私は不安と勝利の入り交じった気持ちを忘れたことはなかった。その後、私は生活のなかで何種類かの眩暈に出会った。眩暈は必ずしも肉体的なものではなく、また精神的なもの、あるいは知的なものでもありうる。ある無謀な決断の結果、いったいどれほどバカげたことが出来するか。不運に挑戦しようとして、どれほどの金が賭けられるのか。用心深さに挑んで、どれだけの危険が冒されるのか。斜面をすこしばかり低く、抜き差しならぬ状況のなかをすこしばかり前方に、速度を上げればもう帰ることもできない、まさにその近くに、どうして決然と進んでゆくのか。

私は遊びの主なカテゴリーに眩暈を導入したが、この言葉で私が指しているのは、意図的に求められた、肉体の均衡の混乱にとどまらない。同時にまた、純然たる実存の安定の喪失とはいわぬまでも、知的、精神的、あるいは感情的安定の喪失を、万事承知の上で、いわばありそうな報いとして前提にしているあらゆる危険、ないしは挑戦をも指している。すすんで受け入れると同時に受け入れざるをえなかったこのような混乱は、不確実な期待を伴い、そしてやがて、運次第で一瞬どちらに転ぶかわからない莫大な財貨を、最後の瀬戸際に、挑戦のみでみごとに取り戻したという栄光を伴う。市《いち》の祭りのアトラクションには、ある欲求に、貧弱な、人をバカにしたような代用品がいろいろ提供されているが、この欲求はきわめて普遍的で、またきわめて抑えがたいものであって、私としては、あらゆる人間的現象は性本能の合併症か、あるいは階級闘争の結果が原因であるといとも自然に、ためらうことなく見なされるほどそれが無視されるのを見ると、いつもながら驚かないわけにはいかないのである。

こういううさんくさい快楽にけりをつけてしまったことを私は悔いてはいない。人間や動物が気まぐれや本能から、あるいは人為的に、同じような催眠状態の虜になって、こういう快楽に溺れるのを私はじつに頻繁に見てきた。祭祀、情念、関心ないし思惑の罠、エロチスムないし麻薬によるエクスタシー、この場合、これらのものは生きているものの行動のなかでも最も理解しがたい点のひとつに集中している。種の残存は、転用された鉄塔の交換不可能な誘惑に比べれば、あるいは林間の空き地の奥で若者たちを驚倒させ試練にかけるイニシエーションの仮面に比べれば、こういう快楽とのかかわりははるかにすくない。この場合、問題はひとつの根本的な、言葉の狭い意味での形而上学的要求である。いまだかつて忘我の経験のない人間には何かが欠けているのだ。

★

野生児の私の徒弟修行は終わりに近づいていた。私はまだ文字を読むことはできなかった。そして文字を読むことは私の唯一の野望であった。私は積み木をもっていたが、その表面には、とりどりの色で光沢紙の上に書かれた大きな文字が貼ってあった。私はいろいろな語を組み合わせてみたり、初等読本のなかで意味のわからなかった語をもう一度作りなおしてみたりするのだった。私はエデンの園の入り口にいたのだ。私は熱心に読書と書物の宇宙を待っていたが、それはおそらく現在、貧しい国々の多くの学童たちが、そして教職にある多くの大人たちさえもが、この宇宙を待っているのに似ている。彼らはこの宇宙について、目もくらむような希望を生涯もちつづける。無垢と自然とからけっして遠ざからぬようにと彼らに教えをたれる人類学者や哲学者たち、しかも彼らから遠く離れたところから、図書館と大学とをふんだんにそなえた、行くこともできぬ大都市で教えをたれているこれらの人々を、彼らは良き伝道者とは思っていない。この点における彼らの不信は有益である。私もまた当然のことながら次のように確信していた。つまり書物の宇宙は人格のかけがえのない拡大を、洞窟の世界への、そして独立と知識の宝の世界への入り口を開く、夢のような経験を意味していると。おそらく後になれば、いい換えれば、観念や書物にうんざりしてしまうときになれば、人はこれらのものの危険でまことしやかな中毒を恐れる。それらのものが持ち運んでくる第二の宇宙が、私たちからもうひとつの宇宙を覆い隠し、もうひとつの宇宙の新鮮さと真実とを感知できなくさせてしまうのではないかと恐れるのである。

この、想像上のものではけっしてない危険を、私は熟慮によるよりはむしろ本能によって回避した。言葉に置き換えられた世界は、私の内部でかろうじて、そして一時的に勝利を収めたにすぎなかった。それは事物の世界をけっして完全には消し去らなかった。

ひそかに、きわめて緩慢に、しかとは感じとれぬままに権限の委譲が行われ、経験の——つまり直接的な現実によって点検され承認されたものであって、信用に基づくものではないということだが——宇宙に対して書物の宇宙に無意識的優位性が与えられるにいたる過度的段階に、普通、当たり前のものであって、何の障害もなく実現されるあの移行に達するまでは、言葉による置き換えは、常識はずれの教育によって実現されたが、これはひとつの偶然、戦争の予期せざる結果によるものであった。この教育は、私の内部にある何か知らぬ創意に富んだ驚くべき才能に、ほとんど必然的な予見の才能に訴えつづけた。それは、これまた生徒が学び取らなければならない忍耐や謙譲といったものにずっと近い心構えに少年時代を慣れ親しませるよりは、少年時代の延長であった。たしかに私は誇張している。この奇妙な教育にはあらゆるものが混じりあっていた。ただ空想に代えるに規則をもってすることには、何かしら不安定なもの、曖昧なもの、ずれたもの、一言にしていえば、記憶すべきもの、あらかじめ記憶されてしまったもの、おまけに想像力にとっては好都合なものがあったことに変わりはないのである。

戦争が終わり、どうやら後かたづけの済んだランスの町が再び市民の手に戻されるに先立って、私は——まだ文字を読むことはできなかった——ある私塾に預けられた。それは還俗した司祭が、パリ郊外の、一階の狭苦しい部屋に開いているものだった。そこには年齢もまちまちの十人ほどの少年が集まっていた。教員の多くはまだ動員を解かれていなかったし、多くの学校も依然病院がわりになっていた。ちぐはぐなクラスのなかでは私が一番幼かった。前‐神父は私に文字のつづりを覚えさせるよりも、県庁所在地と郡役所所在地とを含む県のリストと、フランスの歴史の主な日付とをほかの生徒たちに暗唱させることに余念がなかった。生徒たちが何回もたどたどしく読むのを聴いていたために、私はこれらのことを、そしてラ・フォンテーヌの寓話のいくつかをたちまち暗記してしまった。こうして間接的に学んだすべてのことに、私は自分で意味を見つけださなければならなかった。私は、教育を受けたある種の文盲、固有名詞やら事件やらを一杯つめ込まされた文盲になった。

間もなくランスの学校に戻った。私は再開されたばかりのリセの低学年に登録された。急速に文字が読めるようになった。とうとう私は、もうけっしてそこから立ち去ることのないはずの書物の、印刷物の文化の宇宙のなかに入ったのである。けれども、その刻印が全体的なものであるにはあまりに遅すぎた。私はこれまで、ほとんど人の住まぬ地方へ何度も旅をしたが（それは私の酸素だった）、これらの旅は、その都度きまってこの刻印を圧倒した。なるほどそれは短期間のことだが、それでも研究の、やがては仕事の単調な日々よりもずっと強い印象を私に与えた。私は自分に託された任務の許してくれるときはいつも、記念建造物も歴史もない、ほとんど無人の地方への遠出の機会を何とか工夫して作ったものだが、それは、人間の存在が不確かで何も語らず、ほとんど沈黙している地方であった。いずれにしろ、人間の前に存在する自然は、今日でもなお、指のひとはじきで人間を除去することができるのである。しかも自然にとっては、闖入者の手抜かりを利用すれば足りるのである。

それは明日をも知れぬ有為転変にほかならず、私がしばしば上陸し、そして大地に触れるアンタイオス[6]のように、自分の生まれとの結びつきを新たにした港にほかならなかった。間もなく本が私にとって日々の糧となった。私は本をむさぼり読んだ。おそらく、今度は自分が本を書く番だと予感しはじめていたのである。

★

私にはその意味するところがわからなかったこれらの小旅行を除けば、その後、私は閉ざされた、逃れられない回路のなかに身を置いていた。最初の瞬間から私の内部に残っていた淡水の細流は、知識の数しれず混じり合った流れのなかに見失われてしまう危険があった。私は知識に貪欲ではないにしても、知識には飢えていた。言葉と観念の浮遊する環境のためにいま自分が棄て去ったばかりの岸辺と同じように堅固な別の岸辺に、アルペイオスの流れのように最後には上陸することになると予見することはできなかった。私はあまりに長いあいだ酔い痴れていたのであり、あまりに幸福で、あまりに魅せられていたのであり、独特の魅力と楽しみをもつ無上の悦楽の虜になっていたのである。この悦楽は容赦というものを知らない。人はだれもそこから無垢のまま出ることはない。その塩水の混乱を、いずれにしろ、強烈なヨウ素を秘めている海のしつこい苦みを、豊かな広さをその身に浴びるのだ。この悦楽の魔力、軽薄さから厳格さにわたる、これほど変化に富んだ際限のない魔力、これはどんな阿片ももたらすことはない。

思うにアルペイオスの流れは、大波からやっとの思いでわが身を引き離しただけではない。引き離すには迷いとノスタルジーが、自分自身よりはるかに根強く、はるかに持続力のある自分本来の環境を見捨てたという悔恨がおそらくあったはずである。だが私の記憶が消え去らぬイメージを私に託してくれたように、アルペイオスの流れが記憶に刻んだ最初の光景は、いわば記憶の裏側に残っていたのである。これらのイメージの思い出は、おそらくは私を導き、冒険を、歴史を、そして人間の遺産を求めての遠出である私の海への遠出のなかで私を守ってくれたことであろう。人間の遺産の古い沖積土を、わずかとはいえ増やすかどうかは私次第であった。私は自分にできる範囲でそれをした。突然、私は自分が放免になったと、いまにして思うのである。自己卑下からか、それとも思い上がりからか、私は繰り返される合図に、秘められた警告に感謝するが、こういうものがあればこそ私は次の事実を忘れずにいられたのである。すなわち、ごく小さな、束の間の存在のコブにすぎぬこの私に残されているのは、自分の生まれついての条件への回帰を試みることであり、そしてそこから私を切り離し、しかも私みずから、その壁面の強化に生涯にわたって手を貸してきた水泡に孔を穿つべく務めること、ほとんどこれだけだという事実を。

三　海——人の耕さぬところ

文字が読めるようになったその瞬間から、子供の精神は、アルペイオスの流れのように広大な海の水に混じり合い、そこに委ねられる……。そこから脱出するのは不可能ではないにしてもきわめて困難である。

のちに大人になると、書物から、音と映像と言葉から、そして文明の技術から自由になれない。彼は第二の宇宙に慣れてしまうが、それはもうひとつの宇宙から、つまり人間以前の自然から彼を保護してくれるとともに、彼を孤立させる。と同時に、この第二の宇宙は自然の法則を彼に啓示し、自然を征服する手段を彼に与える。彼は透明な、気密性の水泡を自分の周囲にみずからすすんで絶えず厚くしてゆき、そしてそのなかにより長く閉じこもる術を知るようになるが、そうしてみると私が、すくなくとも私たちの所では普通よりもずっと遅く、このなかに導き入れられたのは偶然が幸いしていたのかもしれない。この珍しい遅れを、いま私は天の恵みと考えている。それは私の内部に、断続的な、しかし明確で力強い傾向を、やがて私が敢然と飛び込んでゆくことになる生活様式に密かに、しかし強く抵抗した傾向を保持する余裕を私に与えてくれた。私は徐々に、私の古い知識を糧に育った根と小さな繊維とが、自分の裡に増殖してはいないにしても長く伸びていることに気づいた。それは何か反逆的な、あるいは邪悪な本能に加担するように私を唆したが、この本能は、おそらく私の知らぬ間に、私のもっとも批判的な本にさえ奇妙な、あるいは無関係な要素を導入しがちであった。私には、自分の意図的な無味乾燥状態を抜け目なく攻撃する解毒剤の蓄えがあった。私は旅の途次に、あるいは突飛な物によって、あるいは植物の条件の考察によって、最後には石についての詳細な記述によって、そしてこれまた逆説的なことではあるが、ある種の書物と映像の仲介によって、私は秘密の毒を育てたのである。

こうして私はようやく梁の外に逃れ出たが、といってもそれは逃れられるわずかな範囲内のことである。つまり私のいう意味は、知識の上において、ということだ。ところで、私がもっとも拘束され、もっとも捉えられていたのは、断然まさに知識であった。この本の長い打ち明け話のページは、おそらくはアルペイオスの流れの水の海の水に対する闘いにも比せられる、この不可視の競合を、そしてその結末を書くことに充てられている。

イ　書物の世界

文字が読めるようになると、私は次から次へと続けざまに本を読んだ。本を読むのは速かった。教室の書棚の本を全部読んでしまうのに長くはかからなかった。なかでも二冊の長い小説のことを覚えているが、週に一冊しか借りることができなかった。本の交換の日を私はしびれを切らしながら待った。最初の一冊は『カミザールの叛乱』(1)という題のもので、その内容は、王の竜騎兵がユグノー教徒の女たちの瞼を切り取り、彼女たちの幼い子供を拷問にかけて、その苦しむさまを彼女たちにとくと見物させるというものだった。私は女予言者たちに夢中だった。陰気で恐ろしい天使、荒々しい女戦士、夢遊病者、彼女たちに比べればジャンヌ・ダルクも私にはひどく色あせたものに見えた。霊媒の発作が起こると、醜女変じて美女となるイザボウ・ヴァンサン(2)に私が出会ったのはこの物語でだったのか、それとも後年むさぼり読んだ別の物語でのことだったのだろうか。私にとってこの変容は、不思議さの点でキリストの変容をさえ凌ぐものだった。

もうひとつの作品『黄色人種の侵入』は、日本軍が中国を制圧したのち、中国内に溢れる自国の兵をもってヨーロッパに侵入してくる話である。ある大河を渡河するに当たり、総司令官は、連隊の全兵士に流れのなかに入り、騎兵隊が死体の橋を渡って渡河できるまで流れのなかに身を沈めているように命じる。最後の章で、総司令官は麾下の軍隊の先頭に立って凱旋門の下を行進し、そして叫ぶのである、「偉大なる軍隊、いまやそれは黄色人種の軍隊なり」と。このとき、ひとりの英雄的な陸軍士官学校生徒の放った七五ミリの砲弾に当たり、彼はまさに栄光の穹窿の下で死ぬのである。

このような思い出はなかなか消えないものである。私はジュール・ヴェルヌのほとんどすべての作品をちぐはぐな関心をもって読んだ。『気球五週間の旅』は、あまりに教訓的にすぎるためか、それともあまりに記録的にすぎるためか、彼の本ではほとんど私の関心を惹かなかった見本のような本である。『船長アテラの冒険』については、霧に濡れると大きくなってしまう犬、気難しくて姿を見せない船長に代わって舵輪を握る「犬船長」を除けば、ほとんど何も覚えていない。私は、一種のテレビないしは立体映画を予告している『カルパチアの城』のほうが好きだった。この作品では、録画された映像の映写が暗黒小説の幽霊の出現に取って代わっている。概して科学的予想は、はじめは私の注意を惹かなかった。私が一番夢中になった物語『暗黒のインド諸国』には、科学的予想などは何もない。だが、炭坑のなかに生まれ、一度も外に出たことのない娘が目を覚まし、生まれてはじめて光と世界とを発見するさまは、私にとってもまた生まれてはじめて、もうひとつの疑いえぬ奇蹟を、しかもそれが文学の力であるとは知るよしもなかった奇蹟を啓示したのである。なるほど、そのとき私に強烈な印象を与えたのは、火薬樽を爆発し、かくて炭坑全体を爆破することのできる火のついた導火線を嘴にくわえて、地底の湖の上を運んでゆく白フクロウであった。けれども私が夢想のうちにいつも立ち帰っていったのは、まばゆいばかりの娘の姿であった。とうとう私は、この挿話を読み返してみなければならなかった。つまり私は、すでに知っている話の展開にはかかわりのない関心を表現にむけはじめていたのだ。それは、今のいままでただ結末への期待に導かれていたにすぎない読者を文学のデモンが捉える瞬間である。なるほど進行は遅々たるものだ。それに、それはしばしば対象を変える。つまり読者は、出来事の継起よりはその説明に、登場人物の心理学に、期待通りの、あるいは驚くべき彼らの行動にずっと興味を抱くのだ。論証の場合は、考え方の展開の仕方に興味を寄せる。後年、哲学のずっと煩瑣な問題で、より洗練された分析に出会うと、彼は自分にとっては筋の展開の代りである推論の厳密さにとどまらず、多少とも巧妙な、あるいは際立った推論の展開の仕方に敏感になる。それは論証の正確さに加え、論証の美しさに、あるいは簡潔さにうたれる数学者にいささか似ている。

私は私の最初の読書について、そして私がまさに小説的な関心から、一ページの特質を味わうという、同時並行的な、この場合まさに文学的な読み方へと移ってゆくことになった転回点についてくどくど述べてきた。それは同時に行われるものではあっても二種類の読書であり、両者の間には鋭敏な聴覚と音楽を味わうことのできる耳との相違があり、鋭い視力と一幅の絵に形と色彩の調和を、あるいは構図の均衡を感じ取る能力との相違がある。

主人公の窮地脱出のありさまが知りたくてたまらなかった素人読者、その素人がいまやいつの間にやら表現の特徴を吟味し、形容詞の位置について問い、文章のすわりの良さに感嘆するようになる。この微妙な変化は意識にはのぼらないし、また終わりもない。この変身のさまざまの段階をだれかがもっと綿密に研究して下さればありがたい。もっとも、読書に手に汗握る興奮を求め、あるいは巧みな文章には感服すべきだという拘束を求めるのは、この変身とは関係がないように私には思われる。

私に毒を接種した『暗黒のインド諸国』の数ページを読んでからは癖がついてしまった。さしあたり私は支離滅裂な好奇心の虜になり、飽くことを知らない食欲過多症に罹っていただけだった。私はすべての本ではないにしても、手に入る本はことごとく計画的に読むことにした。まず分野別に、系統的に読むこととし、ロシア、ポーランド、スカンジナヴィアの文学、あるいは中国の哲学者、あるいはまたドイツ・ロマン派といったような翻訳の書棚の本はことごとく続けざまに読んだ。このリズムに合わせて、私は専門図書館に足繁く通うようになった。パンテオン広場の図書館では、ストリンドベルイの錬金術に関する小冊子を何冊か読んだが、彼の『地獄』は、メンガタスズメ科の蛾(3)の前胸部になぜ頭蓋骨の模様があるかについての疑似科学的な、その実まったく狂気じみた説明で、いわば私を呪縛したかのようであった。オルレアン河岸の図書館では、私はスロヴァッキー[4]の『精霊による創世記』に、ミッケーヴィッチ[5]の、コレージュ・ド・フランスにおけるメシアに関する講義録に深い影響を受けた。

私はまたジャンル別に、叢書別に読んだものである。神秘主義、オカルティズム、形而上学をほとんど区別していなかった。老子の公理、たとえば「道の道とすべきは、常の道にあらず。名の名づくべきは、常の名にあらず。」こういうものはいずれも私には自明のものと思われた。私はオマール・イブン・エル・ハリド[6]の、心情の吐露された詩篇を小声で繰り返したものだ。「愛しいひとの面影を偲んで私たちは酒を呑んだ、〈ぶどうの木〉の生まれる前に私たちを酔わせた酒を。」私はソクラテス以前の哲学者たちに、なかでもパルメニデスに――彼の断片八の一節をはじめその他のものをいまでも諳んじている――ルイスブローク・アドミラーブル[7]に、ジョルダーノ・ブルーノに、マイスター・エックハルトに、パラケルススに同じように熱中したものだ(三十年後、計算可能な宇宙に数多く存在しているはずの、反復する形態という考えを提出しようと思ったとき、事物の記号に関するパラケルススの理論[8]はとても私の役にたった)。私はほとんど選ばなかった。スウェーデンボルグ、ホエース・ウロンスキー[9]、ウイリアム・ブレイク、サン・チーヴ・ダルヴェイドル[10]、『ピマンドル[11]』、さてはゲルヌゼー島の心霊術のコックリに関する訴訟書類[12]等々にまで及んだ。飽和状態に達するには長くはかからなかった。

だがひとつだけ例外があった。私が『バガバッド・ギータ』の連禱を自分に向かって繰り返すようになったのは、いったいどういう酩酊によることなのか自分でもわからない。「卓越について」と題された第十章の断片がいまも私の記憶をよぎるが、といっても、私を捉えるのはもはや唱句の教えではないという相違がある。蘇生してやまない魔力は、おそらく唱句の積み重ねから生まれるものであり、それが恣意的でかつ際限のないものであることを私は知っている。

「我はアートマンにして、一切万物の心に住す。我は万物の太初にしてかつ中間、また実に終末なり……我はアーディティア神群の中におけるヴィシュヌなり。天体の中における光輝ある〈太陽〉なり。我はマルト神群の中におけるマリーチなり。我は星宿の中における〈月〉なり……また感官の中における〈意〉なり。万物の中における〈知力〉なり……」

「我は将軍の中におけるスカンダなり。湖水の中における〈海〉なり……我は大賢者の中におけるグリブなり。声の中の一音節なり。祭祀の中における低音の祭儀なり。山の中におけるヒマラヤ山なり……我は計量者の中における時間なり。また我は、獣類の中における獅子なり。鳥類の中におけるガルダーなり……我は清むる者の中における風なり。武器を執る者の中におけるラーマなり……河川の中におけるガンガー河なり……また我は、実に創造物の始め、終わりにして中間なり、アルジュナよ。知識の中における最高我の知識なり。我は弁論者の言語なり……我は文字の中におけるAの文字なり。また合成語における並列複合語なり……我は実に不滅の時なり。我はあらゆる方面に面を向くる創造者なり……」
「また我は一切を奪取する死なり。また未来のものの本源なり。女性的表現の中における名声、幸運、言語、記憶、堅固、忍辱なり……我はヴリシュエ族の中におけるヴァースデーヴァなり。パーンダヴァの中の、アルジュナよ、なんじ自身なり……我は苦行者の悔悛なり。秘密の沈黙なり。知恵ある者の知恵なり……[13]」

サンスクリット語の喚起する異郷感。比類ない優れた知性によって、心情によって、意志によって達成された目標に地勢上の例証を加えるという具体性。神の代弁者と質問者との、予期せざる、突然の同一視。簡潔ではあるが、魂と同様に石をも網羅し、大きな手抜かりはしていないように見える目録。こういう稀有な、結びつくことのもっとも稀な特徴が、公平な、それでもなお世界の全体性を目指している私のヴィジョンを、つまり簡単にいえば、私の精神に存在しているかもしれぬ形而上学的希求を充たしてくれるのである。

そんなわけで私は、こういう完全無欠と発作の入り交じる混乱にいまもかかわらず感動するが、またこれに劣らず、パルメニデスの断固とした、尊大で、そっけない考えにも心を動かされるのである。パルメニデスは、自分は定義上「存在」そのもの、つまり不動で、完全で、同質の「存在」にほかならず、その他のものは「見かけは華々しい変異」にすぎないと断じている。私はこの考えに魅せられつづけた。いまでも同じ悦びを感じるが、もっともこの悦びは、宇宙の碁盤の目の事実上無限の列挙、それもそのユニークですぐれたところを取り上げての列挙を前にしてはいささか色あせてしまうのだが。後年、私がサン゠ジョン・ペルスの詩の百科全書ふうの壮麗さを、ほとんど即座に楽しむようになったのは、おそらく『暗黒のインド諸国』と『バガヴァッド・ギータ』とのちぐはぐな結びつきのためである。

もちろん面白半分のことだが、私は豊かな年代記の前触れを私の最初期の読書にまでさかのぼらせてみたことさえあったが、前触れは、華麗なフィナーレのような豊かな年代記を私にもたらすはずであった。『カミザールの叛乱』の女予言者、彼女たちは『航海目標』(14)の「悲劇女優」の前触れではなかったか、また『黄色人種の侵入』の日本の元帥、彼らは元やティムールの遠征の小説の一異文を、永遠の『遠征』(15)の、伝承を欠き、貧しくされ、機械化された繰り返しを提供していたのではなかったかと私は思ったものである。記憶の考古学はほかの考古学におとらず創意に富むものであり、また連続性を気遣うものだ……ただ無邪気この上ない人の場合、前者はともすれば起源の好みに虚栄心をくすぐる予定説好みを加えがちだ、という相違がある。こうして魔術師たちが、幻視者たちが生まれることになる。たとえばアンドレ・ブルトンは、境目にいた人だった。結局のところ彼は、自分がその慰みものか、それとも選ばれた者である宿命の贈りものと思われぬ人生においては何ものでもなかったのである。

ロ　括弧と裂け目

さしあたり私は、自分が読んでいる啓発的な本にゴマンとある曖昧な表現や大袈裟な隠喩から、あるいいようのない啓示が現れるのを待っていればよかった。ある日、私は突然うんざりして、乱暴に書かれたページを少し読んだところで読むのをやめた。その内容がバカげていると思ったからではない。むしろ逆に内容は明白だと思ったが、残念ながら単調で無益なものに思われたのだ。結局、私はうんざりし、そして謎には出口はないと決め込んでしまったのである。問題は、ある至高の原理がどうして無数の結果に分裂してしまったかをあやまたず説明することであり、宇宙の創造というかくも軽率な決定に納得のゆく理由を与えることであった。

どんな神学もこれに成功したことはなかった。いずれにせよ神学は神秘に、あるいはシンボルに、あるいはアレゴリーに助けを求めざるを得なかった。なぜ完全な存在者は、そのどんな小さな細部、どんな小さな出来事でさえ、もっぱら彼の好みのままに、彼が選んだ瞬間にしか姿を現さない、そんな宇宙を発展させなければならなかったのか。この宇宙にどんな必要が、どんな羨望が、どんな好奇心があったのか。そもそも絶対的本質に、必要が、好奇心が、羨望がありうるのか。あるとすれば、絶対的本質に何かが欠けていると認めることだろう。そしてまさにパルメニデスが（私がその教えを自分の暗室に――つまり私の秘められた記憶にということだが――保存しておいたたったひとりの人）決定的に解決したように、何かが欠けていたとすればすべてが欠けていたのである。

私は極端から極端へと移りながら、想像力についてほとんど実験的な、いずれにしろ厳密な研究を企てる野望をいだいた。それは私の考えでは、すでにその絶頂期を過ぎてしまい、ありとあらゆる憂慮すべきまやかしと、非難されてしかるべき妥協とで私にはうさんくさいものだった文学に、徐々にとって代わってゆくはずだった。だがそれでもまやかしにしろ妥協にしろ、その威光や長い生命力に対応する何か重要なものをまさに暴露し、意味しているはずであった。こんなふうに考えたのも私の無邪気なところだった。

そんなわけで私は、生きられた形而上学という矛盾した思想を共有していた「大いなる賭」の仲間と袂をわかち、シュルレアリスムの運動に参加した。だが私が出会ったのは無限の読書のもうひとつの帳簿であり、またしても失望しないわけにはいかなかった。私は私の最初の本となった薄っぺらな小冊子に、私の二重の失望を同時に表明した。

このとき以後、私にはもう自分の読む本に頼るものは何もなかったが、本は、避けられない定めのように、私自身の仕事に忍び込んだ。私の仕事は、大学の色彩の濃い研究報告書にまず掲載されたが、それを本にまとめることは遠慮した。次いで社会学と宗教史に関する本を何冊か書いたが、そのほとんどは宣言書の意味をもつものであり、今日までに出版されている。要するに私の仕事は、見本作りではないにしても、ちぐはぐなやり方の産物であり、私が自分に定めておいた『想像の世界へのアプローチ』のプログラムにかなりよく対応していた。このプログラムは、私が厳密に客観的な認識にいだいている要求と、私が精一杯抵抗しても完全には拒否できなかった叙情の激発への要求との、一種の折衷的な総合に当然のことながら達した。シュルレアリスト・グループへの参加は私の感受性に強い影響を与えたが、私がこの叙情の激発の抑制に成功することはあるまいということを、そしてもちろん客観性（私の探求している客観性）の名において、つまり偏見がどんなに合理的なものでも、その偏見を免れた客観性の名において、それを抑制しようとしてもならないということを私に確信させたのもこのグループへの参加であった。だが私はまだこの問題を自分に提出してはいなかった。

これとは逆に、すべてのことにはあらかじめ進むべき方向が決められていたかのようであった。私に必要なことは、ただ同じ調子で仕事をつづけ、一冊また一冊と本を追加してゆくことだけだった。私はそうした。そしていまでもそうしようと努めているが、自分のそもそもの意図からはますます逸脱してゆくのである。私は自分の研究と仕事のほとんどすべてを、徐々に一個の巨大な括弧とみなすようにさえなったが、私自身の上に閉じるままに放置しておいたこの括弧は、ほとんど私の全生涯にわたって持続していったことだろう。そして私のほとんどすべての本は、この括弧に属するものなのである。

なるほど、何回かは括弧から逃れ出たことはあった。けれどもそれは、いつも偶然に、間を置いて起こったことであり、困難と悔恨の気持ちを伴うものであった。しかも最初のとき、私は決然とことを決することができなかった。私は「冷えた翼」と題する原稿を書いたが、バール・デ・ゼクラン(16)から広大な雪原に流れ落ちる同名の氷河の描写が重要な部分になっていた。それはもう書き上げられていて、当時おそらくもっとも評判の高かった雑誌に発表されることになっていた。校正刷に手を入れていたとき、私はまったく叙情味に乏しいその数節にたじろぎ、ただちに発表を中止した。急ぎ穴埋めをしなければならなかった。

これほど強く私を竦ませてしまったものは、括弧の絶大な力であり、それが私の上に及ぼしていた一種聖なる恐怖であった。私は、証明しうるもの、自分が証明したもの、ということは自分がどこかで読んだことのあるものということだが、そういうもの以外は何も書く気になれなかった。この常軌を逸したリゴリズムの実際上の意味が、ほかの本から借用したもの以外は書きたくないということであることに私は気づいていなかった。

数年後、パタゴニア地方への小旅行に強い印象をうけた私は、そこで感じた印象をいくつか書き留めておきたい気持ちを抑えることができなかった。私は大陸の何もないむきだしの状態を描き出したかったが、それと同じむきだしの感じを原稿に盛るべく、些末な、というか精彩に富んだすべての細部を原稿から削除して、それを公にしたその日、私は自分の意志に反して作家になっていた。私の禁欲主義に意味を与えていた信念を、しかもそれを定義しようとすればひどく苦労したであろう信念を、公然と見捨てるのだという苦い確信があった。

今度は私は行きすぎを犯した。それは私の背教の書の最初のものであった。私の疚しい心が虚偽にまで私を導いたのだ。事実、私は「パタゴニア」[17]を、すくなくともその一部を、一種の文学的幕間狂言として書いたのであり、したがって私は、自分の部屋から外に出ないでも充分そのテキストを書くことができたとうぬぼれるほど罪があったのである。私の考えでは、この確認は、それがどれほど根拠のないものでも、結果としてテキストの価値を失わせることになるはずだった。これらのページにあるのは自己満足の筆のすさびだけだというのが私の言い分だった。つまり私が慣れっこになっていた仕事から、すくなくとも調査と点検とを要する仕事から、暫時の休息を私に与えてくれたというのである。いつもの仕事だったら、どんなにわずかの個人的感情の吐露でさえ私には不作法なものに見えたであろうし、私の仕事の信用を失墜させかねない無能による過失のようにも見えたであろう。私は自分の仕事が軽蔑されないように、相違をはっきりさせておきたかった。会話のおり、私は「パタゴニア」を一種の気晴らしとして紹介したが、その実、一方ではそれが反対のものであることを納得しはじめていた。ただ自分に向かってはっきりそれを認める勇気がなかっただけである。私は自分が騙されてはいなかったことを、つまり私の旅は余計のものであり、旅について私が何ひとつ取り上げなかったということを人々に理解してもらいたいと思ったのだ。すくなくとも私の気づきえたものは何も現れてはいなかった。長いあいだ隠されていた内奥の変身という大切なことを除けば。

事実、私はまぎれもなくパタゴニアを踏破し、マゼラン海峡を通り抜け、パンタ・アレナス(18)に滞在し、最後のアナカロンフ(19)がまだ残っているウルチマ・エスペランサのチリの運河に入り込み、パイネの塔の足下まで登り、湿気だけでも有毒な無人の山腹に沿って歩いたのだ。けれど私はこれらのことは何も語らなかった。それというのも、ほとんど抽象的なものにしたいと思っていた描写に正当な理由を与えるために、主人公といえば人間に征服されていない土地で心もとなく生きている動物のようにしか見えない方法で、むしろ人間の企てを賛美したいと思ったからである。プエルト・ナタレスに行く途中、一度泊まったことのあるみじめな宿屋の、私の部屋のドアに貼ってあった一枚の注意書きを、私は作法にかなった文章とその内容との対照の妙のために、わざわざもち帰って来た。ここにそれを翻訳しておく。「旅行者のみなさん、お金と武器はどうぞ帳場にお預け下さい。」私はいまでもこれをもっているが、これについては触れるまでもないと思ったのだろう。小人《こびと》の夫婦者の経営するその小屋には帳場もなければ、ほんとうの旅行者もいなかった。おそらくその張り札は、大陸でたまたま幸運にもでっくわすわずかな宿泊施設のどんなものにも無差別に使われていたものを手本にしたものであった。それに大陸では、そういう施設はほとんど無用である。こういう人跡まれな場所では、旅行者を無料で泊めるという掟は、生きてゆく上で不可欠の義務である。

私は再び宗教、戦争、あるいは文学に関する社会学的分析に急いで取りかかった。夢のレトリックを、詩のイメージを研究した。それでも私が印刷物からはじめて離脱していったことに変わりはない。私は括弧を否認していたのだ。

★

ひとつの裂け目がそこにあり、そしてそれは密かに大きくなりつつあったはずである。後になって私は、その進み具合いを推し量ってみることができたが、いま私が腐心しているのは、それをそのときのように再構成してみることである。当時、私が書いた本は（今日では、いささか陰鬱な思いを誘う本だ）、どれも無味乾燥な本だが、そういう本にさえ、開口部から流れ入る生きた水があり、その水が循環し、増大し、そして普通のグリザイユ画法ではたちまち消されてしまう異様な影を、ところどころに、そしてますます頻繁に落としているのは、おそらく裂け目の拡大が原因である。この奇妙な、糸のような水の流れ、そのもっとも効果的な策略は、私の分析的な仕事の選択において、たぶん私の道しるべになったことだった。それは私の仕事のインスピレーションを導き、必ず私にテーマを——いかにも巧みに正当らしく見せかけながら自分が顔を出せる最大のチャンスのあるテーマをほのめかすのであった。それは私の警戒心を欺き、その結果、私は警戒心を新しい分野に導いているのだとうぬぼれながら、それと知らぬ間に、警戒心を損ない、あるいは狂わせることのできる誘因を導き入れていたのだった。だがこの誘因が——すくなくとも私はすぐに納得したが——警戒心に有益な補充となるにふさわしいものであることも明らかだった。けれどさしあたり私は、こんな迂回をしている自分が許せなかった。と同時に、このような迂回を、私の扱っている分野、つまり、たとえば眩暈と夢の分野によって、いわば課せられた、不可欠のものとも思っていたのである。

私は私の主題に、確乎たる情報にもとづく、厳密な方法で取り組みつづけた。この方法は情報源を、参考文献を、そして特に感情を豊かにしてくれたが、感情は冷徹な論証の影に覆われたままだった。全体の崩壊する瞬間がいつか不可避的にやって来るはずだという予測を私はもってはいなかった。

さしあたり私は、自分が比較的未開拓の地を、いずれにしろマージナルな地を切り拓いているのだと得意になっていた。自分の教え込まれた方法を、前代未聞の使い方ではあったが、一番よいやり方で使っているものと信じていた。私にしても、これらの方法を、それが使われるべく発明された意図とはますます逆の方向に向けつつあることに気づいていないわけではなかった。結局のところ、自然の夜の側面が私を惹きつける唯一のものであることはいかんともしがたいことだった。自分の能力の許す範囲で夜の側面の探索に専念することで、私はいつの間にか自分の最初の本能に忠実になっていた。理性を超克し、そしてその危険でもあれば不当でもある狭隘さを証明するために、私が武器に用いたのは論理の一貫性であった。

一方、括弧とはかかわりなしに、やがてこれへの反抗から、私は自分が最初から、生誕とともに、次いで学業から受け取った言語に多大の恩恵をこうむっていることをずっと感じつづけていた。作家がそれぞれ自分の母語に負っている負債は、時効にかかることはない。それはただ作家とともに消えるだけだ。この領域では負債を負うこととそれを返済することとは厳密に一致していると私は確信している。

私はといえば、私は自国語を一種の宗教的な敬意をもってつねに取り扱ってきた。もし学問上の不愉快な用語で自国語を虐待しなければならないなら、私はむしろ学問を断念したことだろう。私は自国語をぞんざいに扱いたいと思ったことは一度もない。むしろその潜在可能性を大きくしたいと思っていた。言葉にひとつないしは複数の接尾辞をつづけざまに加え、そのためただでさえ曖昧な意味を捉えるには考えることが必要になる――こんなことは私には認められなかった。こういう危険な斜面の上を哲学や人文科学が引きずられてゆくままであるという事実、この事実はこれらの学問から私を遠ざけるにすくなからず与って力があった。重要な概念を示すためには四つ以上の音節からなる言葉が必要であるとは私にはどうしても信じられない。信じられないどころか、そんなものは言葉遊びだと、ほとんど確実に断言することができる。言葉に音節を加えるより切り取るほうがずっとむずかしい。もっとも短い言葉こそ、必ずやもっとも生命力をもつものなのだ。大切な統辞法についていえば、私は大胆な用法に後込みしたことはなかった。ただそういう私が自分に要求していたのは、そういう用法がほとんどそれと気づかれず、読者がとくと考えてみた上ではじめてそれに驚くようなものでなければならないということだった。私は言語の厳密さに、観念の自己満足にたいする有益なガードレールを本能的に見て取っていたのである。私は確信しているが、こういう事例は私にのみ限られてはいない。

★

私は自分の意図をもっとうまく導き、息の長い仕事を企てるべきではなかったかと、ときおり自問したことがあった。自分の種々雑多な著作を前にすると、私はうっとうしい気持ちに襲われるが、この気持ちは救いようのない不安定性が原因であった。ある者には生まれつきの、またある者にはその仕事から、あるいは職業への配慮から得られる恒常性というものが私には欠けている。私は自分の本の主題を、それがやって来るがままに取り上げた。それが共通の分母に、つまり想像力の奇蹟と力にもとずくものであることに気づいたのはずっと後のことである。広く流布している見解とは逆に、想像力の力は、容易に、そしてしばしば現実を、直接的な、あるいは間接的な利害関係を圧倒し、そればかりか、動物の場合を含めて、安全への配慮をさえ圧倒する。私はいままでどんな決まった学問にもこだわったことはないが、それはこの想像力の力の強烈な作用を——見たところちぐはぐで、緊密な結びつきなどとてもあろうとは思われない作用を気ままに研究するためだ。逆に私は、ちぐはぐこの上ない問題を同一の角度から考察する。先ほど言及した裂け目は、結局はすべてを解体することができたが、同時にそれは私に人間を閑却させ、人間の果たす役割といえばけっして中心的なものでも友愛にあふれたものでもなく、偶然で、補足的なものにすぎない、ますます広大なものになる全体のなかに人間を位置づけさせることができたのである。

考えてみれば、以上はパタゴニアへの小旅行から私が得た主な教訓である。当初、私はこの小旅行をその場かぎりのものと思っていた。パタゴニアに劣らず不毛で近づきがたい地方へ危険を冒して入ってゆくことができたとき、私はいつもこの小旅行の恩恵を新たにしたが、しかしそれはある曖昧な欲求に促されてのことで、自分からこれを利用したことは、間接的にはともかく、いまにいたるもまるでない。私はいまだかつて旅行回想記を書いたことはない。一本のフィルムも、いや一枚の写真すらもち帰ったことはない。私において旅とは、どこまでも内面の冒険であった。それは私に力を与えてくれる。パスカルの確信とは逆に、私にとって不幸はむしろ、自分の部屋のなかに、なかんずく自分の本に囲まれて静かに座っていることを知っていることからやって来ただろう。私には空間が必要である。もちろん、何もない空間が。そこでは人間は稀だ、その作品においてはなおさらである。

八　解毒の書

はじめにも述べたことだが、ある日、私は突然、田舎からまったく新しい世界に移住させられた。それは人間の認識と経験の無尽蔵の総和が保存され、記録にとどめられ、目録に記載され、あまつさえ、そこから何かを引き出したいという好奇心があれば、容易にこれを利用することのできる世界のひとつであった。だから文字が読めれば充分だった。今日では、これさえもう必要ではない。読むことは徒弟修行を必要とするからである。見、そして聞くためにはそれは必要ではない。昨日はまだ読書が至上の時代であった。

そんなわけで、文字が読めるようになってからというもの、私はひたすら読書に耽った。もし事物への私の子供じみた、絶えることのない好奇心がなかったならば、そして私の注意力が出会いがしらの物の餌食にならないでいられたら、私は本を介してのみ生きたことだろう。本が言葉を使い、しかも無理強いすることで、現実の自然な知覚に取って代わりがちであることに私はすぐには気づかなかった。まさしく本は、私が括弧と呼んだもののなかに一挙に私をおびき寄せた。マユの色、形、物質は、まさにほかのもので置き換えることができたのである。私は気づくことさえなかったが、新しい本がすでに私の周りにもうひとつのマユを織り上げていたことだろう。

本も、そしてそれを読む人も、自然や文盲に比べればはるかにすくない南アメリカに私は滞在したことがあったが、それは重大な警告のようなものだった。やがて衝撃から反省が生まれた。私が意味深くも『バベル』と題したこの反省は、次のような逆説的な関心を反映している。つまり、この本で私はとくに老子の威嚇の言葉を解説しているが、老子は当時の哲学者たちの文字の使い方、軽率で、うぬぼれた使い方に激怒し「私はお前たちに再び結んだひもを使用するよう命じる」と叫んでいるのである[20]。伝承によれば、結んだ紐は文字の発明に先立つものであり、そしてもちろん思考をのびのび使うにはそんなに自由にはならなかった。

私がはじめて言語に距離を置くようになったのは、衒学者たちがお気に召して取り上げた情報だけを好き勝手に取り扱うために使ってみせる安直さに気づいたときからである。体系にはいずれも、もともと一貫性への要請があらかじめ含まれている。新しいあらゆる要素は、この要請によって、多少なりと明らかにそれに見合う仕切のなかに自分の場所を占めるように仕向けられる。都合のいい操作が、いささかなりと巧妙なもの、あるいは軽業めいたものであれば、精神はますますご満悦だ。精神は単一の傾向にすすんで従うものだが、それは精神にとって体質のようなものだ。体系は発展するにしたがって、同じ割合でその容量を、作者のこじつけの能力を増大させる。極端になれば、それは過ちを犯しうる可能性という——決定的な——恩恵をさえみずからに拒否する。その信用とはいわぬまでも、その進歩までがこの点にかかっているのだ。

自然科学の場合なら、実験という判定が悪癖を矯正するものとしてつねに存在する。数学あるいは神学といったような厳密科学の場合には、すべては公準の選択いかんにかかっており、後はもうそこから正しい結果を導き出しさえすればいいのである。だから私は、かつてホルヘ・ルイス・ボルヘスが神学を幻想文学のジャンルのひとつとみなした非をとがめ立てはしない。科学とは名ばかりの人文科学についていえば、ある学説がますます急速に他の学説を駆逐しているのも驚くにはあたらない。無益な直感の選択を制限する限界がほとんどなく、そして伸縮自在な論理がこの種の直感につねに無制限の、ほとんど人を欺くことの避けがたい展開を許すことは、きわめて明らかである。

こういう不信感は、私が括弧から脱出する上で何の助けにもならなかった。私の読書好みの傾向を弱めもしなかった。私は推論の行使において前よりずっと慎重であった、というかずっと巧妙であったにすぎず、いずれにしろ、他人の推論の弱点をずっとすばやく見破った。とはいうものの私が、あやふやな情報のほとんど恣意的な組織体ともいうべき閉ざされた世界の者であることに変わりはなかった。私はいぜん迷宮の虜であり、規模ははるかに小さいものの、迷宮と同じような脆さを露呈し、やがて同じような遺棄状態に見舞われるはずの、同じような建物の建設者であった。しかも私は、以前とまったく同じように国境間の論争に、知識と弁証法の激しい応酬に、思いがけない発見から、あるいは未聞の論証から生じる困難な事態に身を置いていた。

それは括弧が、精神生活全体を絶えず覆っているか、もしくはそれに近い状態である。知識人は、ほとんどつねに狭い小部屋で議論を展開するが、その部屋が透明なため、つい自分が真の自由を享受しているものと思い込んでしまう。事実、もしそれが独房でないなら、自由は彼が思い込んでいるほど完全なものではない。彼は、その場かぎりの議論や論争の、人目に立つ茨の道のなかをさまよい歩く、あるいは勇敢に前進する（結果は同じである）。この道で間違いなく自分が迷ってしまうことに気づくのは、彼にとってもそんなに難しいことではない。なぜなら道はそれぞれ十字路に通じており、十字路はほかの小道に開いていて、その小道もほかの十字路に通じているからである。探検や発見の人を欺く陶酔というものがあり、それは不確実な製図法には当然のものだ。思考は、読書と同じように、一種の悪癖だ、もっと正確にいえば、罰せられることのない麻薬だ。私はひどい中毒に罹っていた。

餓えたように本を読みはじめたころ、読む本が多岐にわたっていたためそれほど危険ではなかった、あのころを別にすれば、私はいつも自分の読書そのものに、自分の好みあるいは自分に課せられた義務から、つまり、そのときの自分の好奇心から、試験の準備に役立つ参考書目一覧から、あるいは何かの著作のために必要としている参考資料から逃れられる避難所を自分用に用意するように気を配った。それは、私の関心事の主題とは何のかかわりもない主題をもった、偶然がもたらしてくれた本だった。私はそれらの本に、人々がチェスの変形を〈妖精のチェス〉と呼んでいるように、妖精の本という名前をつけた。〈妖精のチェス〉[21]は、いくつかの駒を新しく考え出したり、あるいは突飛な、人を途方に暮れさせるような規則にしたがって二次次元以上の空間のなかで行われる。

間もなく私は現在の態度にゆき着いた。今後、私が捜し求める著作、それは私自身が——というか、わざとバカげたことはいうまいと決意した人ならだれでもいいが——気まぐれにしろ、あるいは気晴らしのためにしろ、理性的に想像できたものは何ひとつ含まれていないと買いかぶることのできる著作である。私が子供のときに読んだ最初のいくつかの本は、私にとってはまさに妖精のようなものだった。私はそれに気づかなかったから、そういう名前はつけなかった。いま私は、理性によっては、あるいは真実らしさによっては取り戻すことのできない何か思いがけない驚きを私にもたらしてくれると実際に期待できる本を、きわめて意識的に妖精の本と呼んでいる。

そんなわけで私は、偉大な哲学者たちの忘れられた著作叢書に『シリス』を発見したが、バークリーはこの本でタール水の効能を数え上げ、それを普遍的な火のエーテルの存在の証拠として紹介している(また説明している)。サン・シモン主義とフーリエ主義の本を集めている専門の本屋では、トウスナルの『情熱的動物学』を借り出したものだが、そこに見られるコウモリの狂気じみた描写を読んで、私は長いあいだ夢想に耽った。私はビワハゴロモ科の蛾とタコについて研究論文を書いたが、これらの論文は、インスピレーションはまったく異なるものの、おそらくトウスナル[22]に何がしか負うている。売れ残りの本を投げ売りしていた本屋で、私はたまたまロチェス・デ・パイニ某氏[23]、ないし某女の『三のトーテム化』という本に出会ったが、この著者については後にも先にも聞いたことがなかった。この本の理論構成は、原始母権制に関するバッハオーフェンのそれにくらべてそれほど大胆であるようには私には見えなかった。もちろん、このような気晴らしは二次的な役割を果たしていたにすぎず、ときたま不安になったときなどに、偶然に、補助的に、治療の役割を果たしていたにすぎなかった。

それに不思議な変化というものが起こるものだ。その一例だけを挙げておく。思い起こすかぎり、私はかねてから中国に一種の選択親和力を感じていた。つまり私のいう意味は、それは偶然によるものでも、さまざまの事情によるものでもなく、むしろ私が分類思想に与えていた、おそらくは度はずれな重要性によるものだということだ。私はマルセル・グラネの『中国思想』および『中国文明』を、ほとんどページごとに書き込みを加えながら読んだ。こんなにも正確かつ厳密な点に私は驚嘆していた。これとは逆に、私はこの中国学者の以前の著作のひとつ『古代中国の舞踏と伝承』を軽蔑して斥けていたが、そのとき私はこの著作を、おそらくさまざまなテキストで権威づけられてはいるものの、まったく恣意的な、あるいは根本において偶然の関連づけであり、いい換えれば、ほんのわずかな一貫性にすら欠けている、偶発的な、あるいは局部的な一致についての巧妙な構成であるとほとんどみなしていたのである。後になって、私はグラネのことを妖精の著作のグラネのことのように考えたが、これらの著作の内容は本来詩的なものではないにもかかわらず、私が詩から期待していた予期せざる感動を、ある面では人を途方に暮れさせてしまうような感動を私の内部にもっともよく喚起することのできるものであった。このとき以後、私は、渡り鳥、鐘、鍛造工、竜、季節、色、舞踏、拷問、東方、鉱物、星辰、王朝等々のなかの錯綜した等価関係を一種の歓喜をもって迎え入れた。それはバレエに、多様な項目の対照表になったが、そこではどんなデータも厳密な場所を占めており、必要な瞬間に現れるのである。すこし前までは軽蔑していた本が私には、更新されてやまない恍惚の対象となった。婉曲にいえば、それはいま、本というよりは物、つまり夢想の素材、いわば書物に対する解毒の書であったということである。私は括弧からの決定的な脱出をおそらくは可能にしてくれるであろうトンネルの入り口にいたのだ。一言にしていえば、奇妙な同種療法《ホメオパシー》を行いながら、私は病によって病を癒そうとしていたのである。ついには度を過ごし、危うく無礼な振る舞いに及ぶところだった。

あるアンケートが行われたとき、私は人類の書き残した遺産のなかでもっとも注目すべき百冊の書物のリストの提出を求められたことがある。その際、私は自分がすでに読んでいて、とりわけ高く評価していた書物に、題名しか知らなかった——その旨正直に特記しておいたが——二冊の書物を加えておいた。すなわち、著者不明の『モンゴル秘史』(24)とコンスタンタン・ポルヒロジェネート(25)の『儀礼概論』である。以来、この二冊の書物は、いわゆる喉にささった骨のように私の記憶にわだかまっている。たぶん、これらの書物を読む機会はいつかはあるだろう。それは最後の書物となるだろう。だが実は、この幻の二冊の書物を自分がいつかひもとくことになるとは私は思っていない。

どんなに恐ろしいヤナのなかに——つまり括弧のなかにということだが——はまり込んでいるのかも知らぬまま、私がそこに足を踏み入れた瞬間に始まったサイクル、いま私はそのサイクルの終わりに達したものと思っている。それでも、たぶん私は、だれもがほとんど好奇心の関心しか呼ばないと思っているような本を読みつづけることもあるだろう。ここで区別をしておかなければならない。問題そのものはずっと前からどんな関心も、些末な関心すら呼ばなくなっているのに、どうして私が鉱物類の進化論に関するラマルクの初期の論文を、それも記念碑的な誤謬を展開しているにすぎない論文を読もうとしたのか、そしてまたアンブロワーズ・パレ(26)の『一角獣論』を読もうとしたのか、その理由はよく分かっている。これらのものは、いささか間接的に、私を括弧に結びつけているのであり、そして人間が生きている限り、この括弧を決定的に自分の背後に閉ざすことはおそらく不可能なのだ。私は喜んでこの法則に従うが、それはちょうど、私が魅せられてしまうと、真剣に、熱心に追求していた研究を、遊び半分の気持ちでしばしば延長してしまうことになるのと同じである。

だれに強制されたわけでもなく、関心さえいだかずに水揚げ水車を廻しつづけるのは、おそらく何らかの目的に、何らかの必要性に、あるいは未使用のままの力の何らかの残滓に応えることである。思うに、アルペイオスの流れが、その行程の初期の段階の思い出に救われたように、私は少年時代の思い出に救われたのであろう。アルペイオスの流れが、ただひたすら海の水に混じり合うことだけを求めていた自分の水を失わなかったように、私は偶然が私の行く手にもたらしてくれた物に、ちょうど珍しい絵や珍しい詩にかじりつくように本能的にかじりついたが、私にはどうしても解消することができなかった謎によって、私はこれらの絵や詩が絵画や詩というものよりはむしろ物に似ていると思うのだった。だが総体としての詩、言葉のイメージの総和、説明不可能なシンボルの総和、擬態を行う動物の背任、危険で、豪華で、しかも不分明な植物の条件、こういうものはいつも私に暗黙の共犯関係を提示した。この関係については私は結局ほのめかしただけだった。それもその魔術を警告するという目的のためだけに。

私自身からもっとも遠い地点に私を散開させた関係のサイクル、そのサイクルを絶えず拡大しながら、ついに私は石のなかに望んでいた代償と出会うことになった。石は徐々に巨大なアルバムとして姿を現した。石は寡黙の極限に置かれていたが、同時に人間と思考の対蹠地に置かれていた。私は石がその無表情の、永遠の塊のなかに、物質に可能の変容の総体を、何ものも、感受性も、知性も、いや想像力をも排除することなくもっていることに気づきつつあった。

と同時に、絶対的な唖者である石は、私には本をあざ笑い、時間を越えたメッセージを差し出しているように思われた。こんな妄想めいた戯言を私にしてもまるまる信用しているわけではない。だが石は、私を水泡から解放してくれたとはいわぬまでも、すくなくとも私が水泡に対して必要不可欠の距離をとることを認めてくれたであろうし、いずれにせよ、人を慰め元気づける、穏やかなひとときの歓喜を時として味わうのを許してくれたのである。

どんなテキストも持たず、何ひとつ読むものを与えてくれぬ至高の古文書、石よ……

四　物の援け

ひなびたムスクトンは金物屋に売っている物にすぎなかったが、それはウサギの腰の骨として、また孔のあいたおかしなスプーンとして、偶然による類推への途を私に開いてくれた。私のいう意味は、大抵は無益な、驚くべき二重写しのことだが、後になって、私はここから一条の閃光が迸り出ることを知った。私はムスクトンのことはとっくの昔に忘れていた。ほかの道具がそれに取って代わっていたからだが、しかしそういう道具への関心は、私の欲望をそれほど持続的にそそらなかったし、私の記憶にそれほど正確な痕跡を残したわけでもなかった。それでも私の一番みじかな世界に、私はいつも一群の道具、あるいは道具の模造品をもっていて、それが激しい読書欲から得られた豊かすぎる獲物といわば釣り合いを取っていたように思われる。お望みなら、私はただ印刷物によってのみ物事を知る代わりに、物によって、物がその間に織り上げる網によってもまた物事を知りつつあったといってもよい。

私の家には読書と釣り合いを取るためのムスクトンがいくつもあった。結局のところ、生き残ったのはさまざまのムスクトンである。ありふれた物ムスクトンに魅せられてから十年後、水銀がムスクトンよりずっと有無をいわせぬ力で私を捉えて離さなかった。水銀は厳密には物ではない。だが子供にそれを区別するどんな方法があるだろうか。もちろん、それは拡散した物だが、それでも一目みただけで、すこしもためらわずにそれと分かる物である。材木あるいは水のような物質といわれれば私も同意するだろうが、しかしそういうものよりもはるかに不思議で、すこしも曖昧な余地を残すものではなかった。

私は温度計のなかに水銀を見たことがあった。ガラスの牢獄に閉じこめられて水銀は動けなかった。だからそのとき、水銀は私に何ごとも語らなかったのだ。これとは逆に、リセの化学実験室で、水銀がなんの束縛も受けずに、消えやすい、キラキラ光る、とらえどころのない姿で私の前に姿を現したとき、それは啓示であった。私は最初の瞬間から、それが私に及ぼす魅力に逆らうことができなかった。なぜなら〈物〉に対する熱中は、けっして罪のないものではないからだ。必要とあれば人から盗んででも自分のものにする必要がある。

私はドキドキしながらこそどろをやってのけては少しずつ自分用の水銀を貯めていった。まず試験管と栓をくすねなければならなかった。これはすこしも難しくはなかった。作業の危険は次の段階にあった。つまり試験管にごく少量の水銀を流し込むのだが、これは微妙で簡単なことではなかった。手に入れられる量はわずかだった。先生か彼の助手が、ほとんどそれと分からない抜き取りにさえすぐ気づいた。不器用に移し替えの作業にとりかかり、やんちゃな水銀を試験管のなかに入れ損なうという危険があったし、また一方には、盗みの現場を押さえられる危険があり、さらにはみんなの前で泥棒扱いされる恥ずかしさがあった。罰については、私の態度は簡単に決まっていた。つまり、キラキラ光る液体金属の蓄えを、ごく少量にしろ増やしていくという深い悦びに比べれば、罰は重くはなかったのである。私は水銀を香水ビンのなかにしまっておいたが、この香水ビンは、私には水銀の性質に一致するように思われる二つの特徴のため聖櫃となる名誉に浴した。つまりそれは四角の形、いい換えれば香水ビンとしては異常な形をしており、そして厚い黒ガラス製であった。

香水ビンは視線も光線も透さなかった。この闇の香水ビンは、明らかに光の液体を閉じこめておくためのものであった。こういう容器が魂を虜にすることができるということをいったいどんな新しい怪奇趣味が私にさらに教えてくれたのか、私にはわからない。私は香水ビンを、熱湯に洗剤をたっぷり加えて何回も洗ったが、それは残っている匂いとともに、昔のくだらない用途の、どんなわずかな痕跡をも抜き取って、間違いなくそれを浄化するためであった。こんなに何年もたった後だというのに、私はこの香水ビンを本の列のうしろに隠しておいたが、今それがどの列であるかはわからない。それにそれを取り出してみようという気持ちになったことも一度もない。ただそれがそこにあることだけはわかっている。このバカげた忠誠心だけでも、容器の中身のもつ素朴な魅惑の強さがわかるというものである。

私は矛盾した金属を相手に頻繁に、そして慎重に遊んだものだ。それがキラキラ光る小さな水滴となって、ときには素早く、ときにはためらいがちに分散してゆき――しかもあたりを濡らすことがないのを私は感嘆しつつ見守っていた。そのうえ私たちは、それが金を蝕むものであることを教わっていた。私は、豪華な、そして同時に想像困難な消化について夢想に耽ったものである。そんな食事を是非にも見物してみたかった。常識では考えられない食物が溶けてゆき、そしておそらくは大食いの物質によって官能的に飲み込まれてゆくさまが見たかった。私は金のかけらでもって喜んで私の水銀を養ったことだろう。だがどうすれば金を手に入れられるかわからなかった。母は金製のイヤリングをいくつかもっていたが、もう何年もつけたことはなかった。というのも、子供だったころ、当時の習慣に従ってその耳朶の下には小さな孔が開けられていたが、それがずっと前から塞がっていたからである。考えてみれば、そのひとつくらいは徴収できたかも知れなかった。不思議なことに、私はついぞそんなことに気づきさえしなかった。水銀に対する私の態度はまったく別のものだった。私には空気を、川の水を、空間を請求する権利があるのと同じように、水銀に対して当然私に支払われるべきものを取り立てる、漠然とした権利があるように思われるのだった。同じように、明らかに水銀をすこしも尊重していない匿名の管理に対して、私には水銀を守る権利があるのだった。これとは逆に、金は、大人たちがそれに示す一般的な敬意によって、そしてそれよりもずっと重要なことだが、彼らのだれもが金に与えている値打ちによって保護されていた。なるほどそれは金の経済上の価値のためだが、同時にまた、錬金術ないしその他のあらゆる伝承とは別に、私をおのずから水銀の虜にさせてしまった魔術の神話学と根本において似ている、父祖伝来の、無形の神話学の力によるものでもあった。私のアマルガムへの欲望は充たされなかった。私は魔法の液体の完全な状態を守っているのだと自分にいい聞かせては、あわれにもみずからを慰めるのだった。その一滴が床の溝にすべり込んだとき、そしてそれを取り戻せないことがはっきりわかったとき、私は絶望した。額に汗してヘアピンでやってみたが駄目だった。

良識と同じように、およそだれもが共通にもっているものでは決してないこの第二の、予見不可能の魅惑についていま考えてみるとき、そして私を捉えて離さなかった最初の媒体へ、またそれにつづく媒体へ私を誘い込んだ性質を明確にしてみようとするとき、何らかの意味ですべてが十字路であったという性質以外のものを見分けることができない。媒体は、一見したところ両立不可能と思われる側面、あるいは特徴を結びつける。特に水銀には、人を当惑させると同時に、ひとりの学童にとってさえ明白な、さまざまな結びつきがある。もっと後になれば、人は媒体に内密の矛盾を見届け、不意に共犯関係を暴露する干渉を、いつもは対立の覆いに隠されて見えなかったのに、その覆いが取られて突然みえてくる自然の界の間の背任を見届けることになる。人間の産業、私にとってはそれもまたついには自然のひとつの界と見えるようになったが、貝殻の建築を、チョウの翅の紋章を作ろうとすれば作ることもできたかも知れない以上、それは私の目には織ることも紡ぐこともしない野の百合の延長のように見えるのであった。[1] 驚くべき出会いはいずれも私に、世界の一体性のあいまいな証拠をもたらした。結局のところ私は世界の一員であったから、言葉の二つの意味で、私は出会いを通して世界の一体性を考えないわけにはいかなかった。

繰り返すが、私はひどく幼かった。ムスクトンは水銀と同じように私を一種の稜線の上に置いたが、そこからは相反する展望の開けているのが見えた。そういう展望が何かを啓示するものと想像するほど私はおめでたくはなかったし、またそれが必ず人を欺くものと考えるほどあきらめていたわけでもなかった。それはただ、統合されるはずもない外観を結びつけているだけだった。私が了解していたのは、どんな物もそれ自体には何かを明らかにする力はなく、いくつもの物が、鍵の、あるいは私の使った言葉でいえば、十字路の代わりをしており、類推の魔をつき動かしては夢想を誘い出すのであり、すると今度は夢想がときには発見を誘い出し、あるいはすくなくとも、大抵は無駄に終わるものの精神を緊張状態に保つということであった。だがそれでも、すくなくとも悦びは疑いようのないものだった。

もっと後になると、今度はチベットの肉きり包丁だった。柄には雷を象徴する半分に切った金剛杵がついているが、その第二の花冠は第一のそれを厳密な対称形に延長するかわりに、開き、扁平になり、曲がりくねった葉鞘となってふくらんでいる。そしてその反《そ》りは、葉鞘が道具の中心軸の下をよぎる瞬間に方向を変える。鉄製の包丁が軸にはめ込まれており、短くて鋭い刃はその一方は上に反り、他方は長く伸びて、ちょうどそれがはめ込まれている柄と同じように、鉤の形になって終わっている。だから、いわゆる肉きり包丁は半月形の円味をおびたものなのである。刃は柄の真下がいちばん幅が広く、二つの角《つの》へ向かうにつれて狭くなり、角の上方にゆけばもっとも短くなり、下方にゆけばもっとも先細りになる。

刃の固定されている青銅の溝のあちこちにはアカンサスの、翅の、炎の花模様がみられる。この武具の両側面、柄の下の中心には、ドゥルガー女神の仮面がみられるが、それは、目は落ちくぼみ、口といえば哄笑のあまり耳まで裂け、勝ち誇った笑いの炎を上げている髑髏である。

サンスクリット語でカルトリカ (*kartrika*) といい、タントラ派の典礼の言葉ではグリ－ググ (*gri-gug*) というこの道具は、魔神どもの殲滅に効き目のある必要なものをおのれの内部に蓄えておくために、おそらくは雷の力と奇っ怪な女神 (ドゥルガーとはカーリーの名前のひとつ) の力とを結び合わせているものである。魔法の棒のひとつひとつの細部に私はうっとりとなった。おぼろげで、目に見えず、実体となく、ただ想像力によって与えられる実在性以外には実在性をもたぬものに首尾よく斬りつけるために、なんという技が、工夫が、計算がほどこされていることか。また何という象徴的図柄が、洗練された不吉な形がみられることか。

次の物－十字路は、私が古道具屋の、ごたごた並んだ陳列品のなかにみかけた仮面であった。私はそれが、アンドレ・ブルトンが『狂気の愛』(2)で、その謎めいた骨組みを公にしている道具全体と同じものであることがすぐわかった。それは戦闘用仮面、外観、大きさともに社交舞踏会ないしはカーニバル舞踏会の黒ビロードの半仮面であるが、しかしみやびやかに男女が寄り添うためよりはむしろ荒っぽいフェンシングに向いている。目は、平行に並んだ、大きくて、水平の亜鉛の薄板で保護されており、目の器官を保護しながら、役に立つ方向のどこにでもすべてを見ることができるように、ちょうどその分だけ間隔が開いている。

事実、それは剣による決闘に使われる仮面のひとつであり、この決闘はロマン派時代のドイツの学生たちにとっては、ある種の儀礼上の試練の役割を果たしていた。当時の、この種の仮面のすべてがそうであったと思うが、問題の仮面は、暗い色合いの、防水用粒起鞣し革に覆われており、鉄製のステッチの、目のつんだ網が下に長く伸びている。頑丈な網は、大きな環で、皮ばりの金属製の面の縁に取り付けられており、それが主に防禦用になっている。それは鼻のまわりにぴったりとはまっていて、顔の下の部分、特に唇を守るために、そのまま垂れ下がっている。闘技の選手の場合には、仮面には比較的重い武具によってもたらされるかも知れないショックを和らげられるようにふわふわした皮が詰め込まれるが、これらの武具は、力をこめて使うと、剝き出しの金属の跳ね返しを受けて、決闘者の皮膚を深く傷つけかねなかったであろう。

なるほどステッチの網は、社交的催しの上品な半仮面の仕上げとなっているサテンないしレースを思い起こさせる。けれどこの仮面の場合、その素材および使用方法は、規則に縛られたものとはいえ暴力を、傷跡を、傷口を、血を、よりいっそう喚起する。その何よりの証拠は、細い鉄格子製の、華奢な外観の現代のフェンシングの仮面が、同じ種類の対比をいかなるほどにも見せてはいないということである。こういう仮面はむしろ、サラダ菜洗いの籠に似ている。

古くさい、ほとんど中世の仮面、その機能を同定することがほとんど不可能になってしまった仮面、こういう仮面にみられる無益さと闘いとの結びつき、その出会い、儀礼と技術との、大学の世界と謎めいた民俗誌学の遺物との共謀、こういったものが、遺物の典型的な媒体のひとつを心ゆくまで検討することができるようになってからというもの、普通の仮面が、あるいは何らかの芸術作品が及ぼしうるよりもずっと強い、不思議な魅惑を私に及ぼしている。

この仮面が芸術作品ではなく、世界の片隅に生まれた、ありふれた、実用的なものであり、その残存も束の間のものであったことにまさしく私は感謝の気持ちを抱いている。それは実用的なものであった。けれどもそれがそのために作られた有用性は、それ自体なんら有用なものではなかった。問題は刀剣で突くことにすぎなかったが、それは相手を殺さぬまでも、原理上、重傷を負わせうるものであるにもかかわらず、この場合においては、そしてまたこの防具のおかげで、ただ相手の顔を醜くするか、いずれにしろ相手の額と頬に、消えない、名誉ある小さな傷跡を残したにすぎなかったはずである。

仮面は防御用のものもあれば、仮装用のものもあり、相手を愚弄するためのものもあれば、威嚇するためのものもある。全人類が仮面に頼った。仮面は人類の制限をさえ越えている。トカゲ類の鼻面のような形をした、ビワハゴロモ科の蛾の前方突起は仮面であり、フクロウの円い顔がそうであるように、エリマキトカゲの勃起性のコルレットも仮面である。多くの昆虫にみられる眼状紋ないし触覚は、外観からしても機能からしても仮面である。こういうものは一般に多様な行動と対になっているが、その行動は結果として、人間においても、仮面をつけている者に第二の状態を生み出し、その突然の出現にたじろぐ者たちにパニックを引き起こす。人間の仮面は、実際上の目的に使われていないときはいつもグロテスクなものであり、あるいは人をぎょっとさせるものである。だが笑いの背後にさえ激しい恐怖が迫っている。

私は、白い羊毛を編み、口と目を黒く、そして赤く隈取った覆面を思い出すが、それはペルー高地地方で死者の祭りのために使われる覆面である。人々は手続きを驚くばかりに簡略して、みんなが見ている市《いち》で覆面を買ってそれを被っている者を死者にしてしまうが、するとその死者が、身内や友人たちの上機嫌をたちまち縮み上がらせてしまうのである。だが身内や友人たちは、このいきさつをよく知っている。というのもたぶん、彼ら自身、羊毛の覆面を作ったことがあるからである。

これといって変わったところのないドイツのフェンシング用仮面、ステッチの網と金属製の格子、さらにはほとんど絹のような詰め物があり、布地とボール紙のかわりに皮と鋼鉄でできている、手工業品のようでもあれば工業製品のようなでもあって、その本来の機能に厳密に適合しているこの仮面は、擬態をみせる昆虫や食虫草花を引き合いに出すまでもなく、人間の仮面の無限の多様性のなかの予見できぬ偶発事のように見える。黒ビロードの半仮面と面頬のまちまちの様式を、舞踏会と闘いという相対立する目的を、まさにただひとつの物のなかに統合している偶発事。ここにその魔力が生まれる。

この、地方の、一時期の仮面、今日では人を面食らわせ、私をこんなに激しく感動させるこの仮面から、私は一世紀半まえこれを被ったイエナの、あるいはハイデルベルクの学生たちのことを考えることはほとんどない。ヨーロッパの大学の風俗の歴史の取るに足りぬ、ほとんど忘れ去られた偶然の突発事から生まれたこの仮面の抽象的な完璧さ、実をいえば抽象的というよりむしろ漠然とした完璧さは、自然全体を動かしている不思議な原動力のひとつを暗に示している。私はこの雑種の仮面を、その形においては幸運な、その外観においては突飛な証拠としてみつめる。

そしてついにはそれを、人間のよみがえる創意工夫よりも宇宙の連続性のずっと説得力のある再出現とみなすようになる。それは人間の運命の取るに足りぬ偶然を明らかにしているように見えるが、同時にまた、人間が世界に──幻影、こだま、無限の二重写しが、その調和のとれた、またもつれ合った連続を遠くに反響させてやまない世界に根本的に帰属する複雑さをも、人を唖然とさせるような一閃によって暴露する。人間は自分の場所がこの世界にあることを、ほとんどつねに理解しようとしない。

擬態をする昆虫、石の奇形、不可侵の個人的領土への一般的な──人間に特別のものではないということだが──好み、仮面ないし麻薬から、あるいは機械的な方法で得られる眩暈と陶酔への好み、豪華と名誉、形と色彩の時宜をえた展開、宇宙秩序のあらゆる水準に存在する豊かな反対称、こういうもののなかに、書物とはかかわりのない事物や物ののなかに、私は共有の共犯関係の存在を示す明白な徴を追求してきたともいえるが、人類は虚栄心からこの関係を認めるのを嫌う。それほど人類は、その天与の才能と功績によって、自分が世界のほかのものとは別であると思っているのだ。

自立した芸術、私がここに認めたのは、一時的に専門化された、過度的な活動というものにすぎなかった。したがって芸術は、私には人間の本性の不変の属性とは見えなかった。すくなくとも、閉ざされた、排他的な探求──私はむしろ袋小路とみなしていた──という形をとる限り、そう見えなかった。これとは逆に（そして相補的に）、ほかの欲求、あるいは衝動に結びつけば、芸術は排他的で永遠の人間の専有物になるどころか、こんどは人間をはみ出してしまうように思われるのであった。

私は芸術作品に私の物‐魔法使いを捜していたわけではなかった。芸術作品が物‐魔法使いのように見えるときは困惑したものだ。いましがた述べたことだが、私は反対称に自然の生きた力のひとつがあるものと推測した。私は自分の確信に、可能の限りの最良の証拠をもたらそうと努め、有利なデータを一覧表に書き込み、決定的な証拠の目録を作ったりしてみた。本が印刷されているとき、とうとう私は長いあいだ夢みていたものを買い込むことになったが、それはいまになってもいまだに、わが魔法の書斎の新参者である。それは一角《いっかく》の上の左犬歯、ねじれた象牙質の長い美しい歯であり、優に二メートルを越えるまったく不思議なもので、人々はこの歯を額につけた伝説上の動物を考え出さねばならなかったほどである。この歯が一角獣の角《つの》になったのだ。

たった一本の角《つの》をもった動物は、その周囲にさまざまの迷信や伝承の、複雑で、ゆるぎない、緊密な全体を集めたが、これらの迷信や伝承はそのほとんどすべてが、委譲された額角のまわりをめぐっている。それは絵に、タピストリーに、陶磁器に、紋章に刻まれ、描かれ、彫られ、表現された。数世紀のあいだ、すぐれた芸術家たちが、名もない職人たちと同じように、威嚇と優美とを組み合わせた、同じ堂々たるプロフィールを固定した。私は、クジラ目の動物の巨大で反対称の歯が四足動物の矢状方向の軸のなかにきちんと位置づけられた純潔無垢の雌馬の構図から生まれた動物の栄光について、人間が考え出し、噂を蒔き散らした物語、コント、秘訣のたぐいをできうる限り蒐集した。

さきほど言及した仮面の場合もそうであるが、私がこの物を手に入れたのは、それが美しかったからではない。ましてやそれが、自然のなかのもっとも人目を惹く、もっとも人の意表をつく反対称の例を私にもたらしたからでもない。おまけにこの反対称たるや、一見説明不可能のように見えながら、〈他のもの〉に対応しており、かくて原初の、しかも無視されている、あの自然の反撥力を明らかにしているのだが、そういう反対称の例を私にもたらしたからではない。この力が無用のところに存在しながら——私のいう意味は、一角の小さな口のなかに、たった一本の歯(しかも並はずれた)として存在するということだが——反対称の仮定は、この力が堂々と自分を押しつけることができるということを、たとえその結果が厄介な、有害なものでしかない場合にも押しつけることができるということをこの力に思い起こさせる。

私はかなり急速に物-妖精から離れたが、それはまさにそれが素晴らしいものだったからであり、美術館のものだったからである。それにまたおそらく、それがさまざまの寓話の、純潔の神明裁判の、円錐帽を被り、子馬を連れたご婦人方の、万能薬と不思議な解毒薬の一大集成を生み出したからでもある。そしてこういうものはすべて、宮廷風恋愛が君臨し、吟遊詩人たちが豪華に飾りたてられた広い部屋でリュートを奏で、夢の森がたえず魔法にかかっているような、夢幻的環境のなかに設定されているのである。

それ自体がすでに奇蹟であるみごとな象牙質の針は、自由な精神を気ままにさまよわせたり、何か思いもかけぬ誘いに従わせたりするには、あまりにも一定の時代の伝承に結びつきすぎている。自然のもので同時に不合理な物でさえ、いったん思い出を背負い込んでしまうと、人の注意を促すそのみごとさがどのようなものであれ、というかおそらくはそのみごとさゆえに、もともと具わっていた野生の喚起力を失ってしまうものだ。ところで、私が物‐驚異に期待しているのはまさにこれである。まばゆいばかりの額角は、今やもうひとつの世界、分類整理された認識の世界のものになる。それは精神をあやまたず括弧の内部に連れ戻す。

裏切り者の物、その意に反して逆臣となった物。残るのは石、独自の世界である石である。おそらくそれは世界であり、人間をはじめ石以外のすべてのものは、この世界の、持続することのないコブである。

子供じみたムスクトンから珍しい一角の突起にいたるまで、私は多様な物が唯一の道しるべとなっている道程の段階を示すように努めてきた。これらの物に共通の分母を見つけだすのは私には不可能とは思われない。道すがら私は、それら相互の独立性を強調し、それらが決して芸術作品に同一視されるものではないこと、それどころか芸術作品と混同されるような場合には、その混同をも許容することを主張する機会があった。特に、ある種の特異性、どこかマージナルな性質がこれらのものを共有財産から遠ざけ、その結果、これらのものは学問あるいは歴史のカテゴリーからはみ出し、人類の遺産の古文書にうまく収まらず、美術館の目録にも百科全書の記事にもほとんど姿を見せなくなった。これらの物についていいうる最低限度のことは、それらが通貨ではないということだ。その外観からして明らかな不思議な孤立、これによって型にはまった思考パターンとのあいだに解消艱難な距離が生まれるが、この距離こそそれらの力である。それらは観察を強要する。それらはもともと〈開かれた〉ものだ。

あらためていうまでもあるまいが、これらの物は思い出でもなく、何ものも思い起こさせず、その用途が不明であればそれだけいっそう役に立つものでさえある。その秘密、それは徐々に見破らなければならない。ましてそれらは護符でも、魔よけでもないし、占いの媒体でもない。超自然的なものは何もまつわりついてはいない。どんな聖なるものも住みついてはいない。つまりそれらは一切の崇拝を拒否しており、どんな信仰心も勧めない。それらは象徴ではない。つまりそれ以外の何も意味していない。それらが促す言葉《ディスクール》はどこまでも秘めやかであり、そして言葉は、つねに新しい驚くべき沈黙から生まれる。

私はこの沈黙の証言を取り押さえ、暴露してやりたいと思う。そして自分でも分からない何かを告白させてやりたいと思うのだが、それは世界の一体性についての証拠とはいわぬまでも、必ずやひとつの手がかりであるだろう。これらの証言に対する賭は、私がいささか大胆に、錯綜した宇宙に対してなす賭と同じようなものである。私の身体をも貫いている普遍的な生命力との和合、そこから私の引き出す悦び、つまり富や名誉よりも、あるいはどんな羨望の的の免状よりもずっと貴重な、秘められた承認。このような同意を得るためならば（よしんばそれが偽りのものであっても、私は満足だ）、私は一切を与える用意があるような気がするし、実際は、すでにすべてを与えてしまったのだという感じがする。私に残されたことは、最後の荷下ろしを待つだけだ。私には自分の考えをどういっていいのか分からない。動員解除、釈放、とでもいおうか。

五　イメージと詩

私は、私にとって一時期、実際上、印刷物の宇宙に対する具体的な代償であった物のいくつかを、例として記述するにとどめた。そこに一要素つまり水銀が含まれていたことは、偶然あるいは展望の変化によって代償の役割を果たすようにあらかじめ決められていないようなものは世界にはほとんど存在していないことを示している。私は本の影響――それが膨大で排他的になると由々しいものだが――を遠ざけるために物を使ったが、そういう本のなかにさえ、その内容が同じ目的に役立ちうるような種類の本をついに発見した。本の方が物として扱われていればなおさらである。サン＝ジョン・ペルスは『君主との交友』で、主人公に次のように語らせている。「持ってきてほしい――私は夜を徹して　しかも眠くないのだ――最も古い年代記の載ったあの本を持ってきてほしい。歴史はともあれ、私は羊皮紙の分厚い本のにおいが好きなのだ（それに少しも眠くない[1]。」

夢想の嗅覚的媒体！　私には物になりえないのはほとんど植物しか思い当たらない。つまり植物は脆く、はかなく、季節ごとのものであり、絶えず変化し、したがって物に不可欠の安定性を欠いているからだ。そして特に植物のあいだには私には分からない何か不可分の関連性があるように思われ――この点についてはのちに触れるつもりだ――この関連性が私には、どうしても孤立したものでなければならない物の性質と両立不可能のように思われるのである。

美術工芸品についていえば、それは真の物とみなすには、まさにあまりに芸術のものでありすぎる。つまり様式の、時代の範疇に入るものだ。人はその美しさを、価値を、希少性を評価する。それは歴史を指し示す。その魅力は、多くの側面において、物の魅力に対立する。物の魅力は無秩序で、どんな種類の保証人ももたず、ただ想像力によってのみ認められ、私がその魔力の虜になった物の特徴として認めざるをえなかったものである。

これとは逆に、言葉の厳密な意味で物とはいえないほかの多くのものが、注意深い、あるいは放心した意識に、似たような魔力に恵まれた反響と跳ね返りとを、物と同じように呼び起こすことができることか！　絵あるいは詩のなかには、その本来の詩的な、あるいは造形上の特質とはかかわりなしに、人々が不意に好むようになるものが充分にありうるが、それはちょうど、あれこれの道具について、人々が感動のあまり、その道具がそのために作られ、そして今しがたまでもっていた有用性を無視してしまうようなものである。ある種の絵あるいは詩が、特権的な物のそれにも匹敵しうる独立性と感情の喚起力とをもつものであることが明らかであれば充分である。私のいう意味は、それらが空白の、本来の用途からはずれた豊かさを、一言にしていえば（明白なというより）自由な、それでいて厳密な、つい今しがたまで異論の余地なく可能なものとされていた豊かさを提示していれば足りるということである。するとたちまち、これらのものには物－妖精と同じ力が授けられる。魔術は同じように作用する。何より重要なのは、それが想像力に餌を与えるということで、ルアーの性質などどうでもいいのである。

真の物は、すくなくとも私にとっては、おそらく固有の特質をもっている。物を操作し、裏返し、そのあらゆる面を検査し、手に触れ、その重みを、物質を、熱を、曲線を、角《かど》を感じ取り、一言にしていえば、多様かつ微妙な触覚にちかいあらゆる感覚を用いて賞味する、これこそ悦びというものである。

それほど数も多くはなく、またそれほど官能的ではないにしても、視覚の可能性を無視するわけにはいかない。つまり、デッサンあるいは画布のあらゆる細部を同時に見て取る悦び。そしてまたいままでだれも気づかなかった新しい細部を発見したり、未聞の光で構図を照らし出す何か奇抜な仮説をでっち上げるといったような、もっと大きな悦び。詩についていえば、私がここで、響きや抑揚から得られる楽しみを、リズムを、唇の、口蓋の、喉の感覚を（あらゆる調音点は感覚を生み出し、それが味わいを呼び起こす）、あるいはまた入念な発音の配慮によってもたらされるほとんどそれと感じられない筋肉上の悦びを、詩の不確定な価値と考えていないことはいうまでもない。問題はいささかも聴覚を楽しませることではなく、まったく知的な運動にきっかけを与えることなのだ。この領域では、物のもたらす思いがけない悦びに取って代わるといい張れるのは、詩の隠喩だけである。圧縮され、他から切り離され、それ自身に還元された隠喩は、欲望の冥府からけっして出ることのない感情と思い出と曖昧な希求とのあいだに大胆にも新しい通路を切り拓く。

もしそこに何か思わぬ突発事でも加われば、もうそれだけで二つの岸に架けられた細い歩道橋は――イメージはここにある――もはや二つの表現のほとんどどうということもない関係を表現するだけにとどまらない。それは想像的表象を創り出す。言葉は紋章となり、その意味の増殖を目の当たりにする。その結果、描かれている情景あるいはヴィジョンは、言葉で表現されているにもかかわらず、それが表現しているものの大部分を沈黙させるか、曖昧なままにしておくために一段と陰険なしつこさで精神を呼び止める。絶対的な謎、作者自身にしてからがその意味を確信せぬままに予感しているメッセージ。というか予言の場合のように、無限に不確実で、どうにでもなるその警告を作者が保持しているメッセージ。

私はこれまでに詩の力の定義を試みたことがあったが、その際、私が終始一貫、注意を払ったのは、謎のこの部分を魔術の本質的要素のひとつとして残すことであった。謎だけが単独で現れる場合もある。詩が物になるのはそのときだ。

絵のイメージについても同様である。絵については、子供のころ、私はほかでもない『絵入りラルース小事典』のセピア色の複製という形のイメージしか知らなかった。それは本文とは別のページに、あらかじめ決められた順序もなく集められていた。それを結びつけているのが何なのか私にはよくわからなかったが、それほど主題もジャンルも異なるものだった。それに私が心にとめたのは、私の若い想像力を独り占めにしてしまうことのできる神話や歴史の、あるいは劇の情景だけであり、こういう情景は私の想像力には非現実的でもあれば同時にまた親しみ深い世界を作っていた。外の、街のなかでは、こういう情景は、当時、広告掲示板がわりに使われていた大きな壁画に延長されていた。たとえば、二つの巨大な月が描かれていて、明るい月がもうひとつの月の上に大きく重なっていたり、炎に息を吹きかけている若々しい悪魔の絵だったり、自分よりずっと大きな鍵をもっている仮面を被った男の絵であったり、その他おなじように異様な絵であったが、これらの絵は、その大きさから、そして掲示されている期間から、一種おどろくべき光輪に包まれていた。これらの絵については、私はほかのところで語った[2]。事典の褐色の写真についていえば、それは信頼すべき言葉の総体と同じ面に印刷されており、そのためいわば公的に信用できるものと思われた。それは日常の語彙と同じ特権を享受しており、したがって、それが表現しているもの、つまり出来事あるいは人物にとどまらず、衣装、動作、あるいは背景のどんな些細な細部さえ疑ってみようなどという考えは私には起こらなかったのであろう。

私は『ジュミエージュの苦刑者たち』と『ロベール敬虔王の破門』とをよく眺め返してはうっとりとなったものだった。[3] この二つの絵が私に与えた印象はいつまでも消えず、後年『幻想のさなかに』で取り集めて解説したさまざまの絵および版画のもとになったほどである。二つの絵の主題は、いずれも題名と切り離すことのできないものだった。二つの絵に寄せていた私の関心の大部分は、この点に由来するものだった。ここでは画家の技量が、いや歴史上の関連さえもがほとんど何の役割も果たしていないのがよくわかる。二つの絵の場合、私は一方では絵に描かれている事件の状況というものを知らなかったし、他方、おおざっぱにいって私が不審をいだいていたのは語彙の問題であった。つまり苦刑者という言葉の誤解と、敬虔と破門という二つの言葉の矛盾とが、私の内部に謎への好みを呼び覚ましていたのである。この好みはけっして完全には眠っていなかったのであり、いま目の前にある、というか差し迫った孤独、だが確かな、終わりのない孤独についてのこの二つの情景をいやがうえにも強烈なものにするにはうってつけのものであった。筏の漂流、筏には足を斬られ、見捨てられた二人の兄弟が並んで寝そべっている。王は虚脱状態、王冠は頭上に戴いてはいるものの、王杖はすでに地面にすべり落ちている。王妃は王の肩にすがりつき、視線を彫金細工の施された金属の脚にじっと注いでいる。そこには、玉座を正面に、いましがた大蠟燭がはめ込まれたところだが、いまや芯が切れ、燃え尽きて、名残の煙が立ち昇っているだけである。戸口では、破門の宣告を終えたばかりの高位の聖職者たちが、罪人の方を振り向くこうともせずに押し合っている。部屋の大きな様子からして、いまや国王夫妻が余儀なくされている救いがたい孤独がすでに感じ取れる。二つの絵とも、若者が、無実の者が、情熱にかられた者が、その犠牲になっている償いようのない不幸についての判じ絵入りの紋章である。

ここでは絵画というものはほとんど問題になっていない。この点は、ジャン＝ポール・ローランス(4)を有無をいわせぬ論証で粉砕したいと思っていた、一八七五年のサロンの一批評家が、充分に強調しているところである。彼は書いている、「破門はデッサンというものでもないし、色彩というものでもない」と。

ある種の絵《イマージュ》は、あたかも〈魔法のランプ〉のような、あるいは宝物の、しかも手に入れられない宝物のある洞窟を開けることのできる〈胡麻〉のような働きをする。私は私の少年時代に強い印象を与えた最初の例をいくつか取り上げたが、これらのものは必ずしももっとも説得力に富んだものというわけではない。一角獣が池のなかに自分の姿を映している、あの古い紋章についての語ることもできたであろう。一角獣の角《つの》にまで成り上がった一角の額角について私はやむなく黙っていたが、すくなくとも特殊な一点については口を滑らせてしまったかも知れないのである。

この紋章の場合、図案家の確かな腕前によって、角《つの》が水に映ったその影で伝承の動物の胸部を脅かしているような印象がもたらされる。「私は私自身にドキリとする」という紋章の題銘は、この動物にかかわりのある、それも数多くの寓話には簡単には結びつかないように思われる。いずれにしろ、このテーマ、特に鏡のそれと結びついたテーマはきわめて豊富なので、人はだれでも、ある単純な輪郭図が、夢想用の物の潜在的な富をどうしてその内部に集めることができるのか理解できるのである。

あまりに簡単なので内容など分からぬままに覚えてしまう短い詩。幼少期は除くにしても、それでも頻繁に、しかもみごとに覚えてしまう短い詩。こういう短い詩にも同じ不確定な喚起力があることは明らかである。こういう簡潔な作品は、風刺詩《エピグラム》にはかかわりはないし、まして碑銘詩《エピタフ》にはかかわりはない。この種の詩はいずれも、わずかな言葉のうちに称賛を、あるいは裏切りを含んでいなければならない。その皮肉、あるいは効果は反省によって捉えなければならないが、その間、反省は中断される。アンダルシアの小唄（*copla*）の詩句に見られる、隠された経験の打ち明け話、告白、あるいは格言などにとってと同じように、明晰さこそこれらの詩のメリットである。一方、俳句の十七文字は、一般に自然の印象を書き留めるが、この印象は、排他的ではないにしても説得力のある一種の照応を魂に喚起する。

これとは逆に、いま私の念頭にあるのは、とりとめのない、あるいは的確な素材を結びつけている詩、その結びつきそのものが間違いなく人の意表をつき、しかもその素材が偶然に集められたものではないことが明らかな詩である。素材は、どこまでも曖昧なものたらざるをえない啓示、というか確実に限定することが不可能なはずの啓示を目的として明確に配置されていたのである。いくつもの解釈が可能であり、みなもっともと思われる。ということはつまり、どれひとつ確かではないということだ。すくなくとも、素材の目指す方向はみな同じだが、それはあたかも作者が、足跡をくらますためでも曖昧さを保持するためにでもなく、類似と近似とをこのように積み重ねることによってのみ、名づけようもない状況のあいだに一種の共通分母を立てるために、同時に異なったいくつかの言語を使っているかのようである。人はそれぞれ自分の分け前として手に入れた感情と経験とをもって寓話を飾りたてるように仕向けられ、場合に応じて、自分の感受性をもっとも高揚させてくれるか、鎮めてくれるかする指示をおのがじし選ぶのである。

このような詩は最近のものであり、いまもって少ないように私には思われる。その必要不可欠の簡潔さ（寓話の、謎の、諺の）は、詩にとってはなかば不可欠の、物語風の、あるいは叙述的な性質とはほとんど相容れない密度を要求する。同時にこの様式は、死の、そして不毛のマラルメ以降、現代詩の野望である野望とはほとんど両立しない。

私が見つけることのできた、この未聞の特異性のもっとも古く、かつまたいまだおずおずとした試みは、『諸世紀の伝説』の題名のない次の詩、一般にその最初の詩句によって引用される詩である。

かつて、私はマイソールでフィルダウシーを知った……(5)

すでに冒頭から、ただひとつの言葉で輪廻の眩暈の逆説的な証明があり(かつて)、そして数音節のあとには、今やただ埃と悲惨のみしか喚起しない豪華な東洋の豪奢(マイソール)が現れる。

詩篇は、ほぼもっぱら言葉の上の対立にもとづいているが、しかしこの対立には、詩篇の直接的意味から大きくはみ出している倍音が含まれている。その功績、その宝飾品、その才能によって勝利をおさめた詩人の栄華を、彼の享受している恩恵を長々と描いたあとで、ぶっきらぼうな過去分詞がやってきて、最終行が終わる。

それは、と彼は答えた、私が息絶えたからだ。

余韻がないわけではない、いや大ありである。死よりも避けがたい一羽の猛禽の影が、生命の庭の上を、生命の見せかけの場所の上をよぎってゆく。この告白は、距離を、そして年表を通してユーゴーを脅かす。

私は、詩の、ある種の現代的野望に対してきわめて厳しい見解を披瀝した著作で、この詩について触れたが、[6]この詩を取り上げるだけでもすでに予想外のことなのである（最低限これだけはいえる）。私はそこで情け容赦なく振る舞った。その後、私は自分の一徹な態度を考え直した。告発のなかで私のお目こぼしに与ったのは、わずかにサン＝ジョン・ペルスの数篇の詩だけであったが、私はその詩を、さきのユーゴーの詩とともに、カントが美に与えた定義、つまり目的なき合目的性の典型的な例として紹介した。私はこの詩を、ユーゴーを嫌っていたアンドレ・ブルトンに送ったが、数年来、ひどく緊迫したものになっていた彼と私との関係は、再び信頼と友愛にみちたものになりつつあるところだった。[7]この詩を含む叙事詩の一大絵巻ではまず予想外のことといわなければならないが、この詩の及ぼす魅惑の奇妙な特徴をブルトンが再認識する上で自分がイニシアチブを取れたのが私はひどくうれしかった。

だがこの詩は、いまだに慎重な試みとしてしか、特殊な場合の栄華と無名といったようなアンチテーゼに対する作者の好みにとりわけ依存する試みとしてしか私には見えなかった。間もなく私は、シュペルヴィエルの詩にさらに特徴的な例をみつけたが、何ら明白な根拠の裏づけがないにもかかわらず、いささかの注釈をほどこすまでもなくユーゴーの作品との類似は一目瞭然である。以下の通りである。

小路

通り過ぎて行く騎士の
肩に触れてはいけない。
彼がふり向く、すると
夜になってしまうのだ。
星の地平も雲も
見えない、やみの夜に。
――空を作っているすべては
そのときはどうなるのだろう。
月とその静かな歩み、
太陽の物音は――。
――先の騎士と同じほど強い
別の騎士が現れて、

通してやろうといってくれるのを
待たねばならなくなるだろう(8)。

第三番目の、そして最後の例を挙げれば、私が定義しようとしている詩の側面にとって必要な輪郭は手に入れられるのではないかと思う。それは「兜をいただく頭」という題のネルヴァルのソネットの二つの三行詩で、『幻想詩篇』の一部となるはずのものであった。

私はこの二つの詩節をすこしもためらわずほかの詩節から切り離す。それは先行の四行詩とは意味上の関連はほとんどなく、それに『幻想詩篇』の言葉は、種の異なる二つの植物が咲きまじる植物学上ちぐはぐな小枝を示している(9)。事実、ネルヴァルは詩句のいくつかのグループをためらうことなくひとつのソネットから他のソネットに置き換えており、彼はおそらくこれらの詩句を独立の断片として作り、断片の一つひとつを一定不変の、独立したものとみなしていたのである。したがってそれらの断片は、タロットの絵札のように移動可能なものであり、いい換えれば、ある点では占いの絵—紋章のようなもの、媒体のようなものである。以下にその二つの三行詩を掲げるが、けだし、この三行詩は占い遊びの大アルカナの一枚の絵札の描写として通るかも知れない。

その時、煉獄の奥底からひとりの若者が、
「勝利の女神」の涙にひたりつつ姿を現して、
その清らかな手を天の王国にさしのべるのが見えた。

ふたりは共に脇腹を二重の神秘に打たれ、
ひとりは「大地」を肥やすべくその血を流し、
ひとりは「天空」に「神々」の精液を注ぐのだった(10)!

こういう喚起は、風景あるいは神の名という形ではどんな目印も提供しない。それは『幻想詩篇』の原理を極端にまで推しすすめたもので、たぶん詩全体のなかでは謎めいた奇妙な詩の位置とは別の位置を占めてはいない。ただしそれは、私がさきほど触れた絵が絵画の歴史のなかに占めている位置のようなものであり、私にとって出発点となった道具が職人仕事の歴史のなかに占めている位置のようなものである。詩は厳密な作詩法を保持しているが、これがなければ詩は物に固有の安定性を失い、記憶だけに依存するものではなく印刷されたテキストに依存するものになるだろう。ところで、夢想の媒体が、夢想を出し抜けに、無媒介にいつでも蘇らせることができるというのは大切なことだ。期待された作詩法の硬いコルセットでもって夢想の突然の消失を防がねばならず、あるいは曖昧さから、変化から夢想を守らなければならない。このコルセットが、実際の、あるいは想像上の多様な状況に適用しうる夢想の内的論理を保持するのである。つまりユーゴーの場合でいえば、ある不吉で不可避の期限であり、シュペルヴィエルの場合は、ある致命的な影響であり、ネルヴァルの場合は、終末論的とはいわぬまでも超自然的な契約である。なぜなら宇宙の運命はそこにかかっているように見えるから。

想像力の漂流は、明瞭なメッセージを表現しなければならないという義務から解放された夢幻的光景を引き延ばす。あるいはそれを再生させる。それでも夢幻的光景の、ある種の感情空間は意味によって限定されるが、その空間は簡単に識別することができる。意味は、詩人が自分の遭遇した突発事に与えることのできた、ほとんど自発的な、否定できない一貫性から生まれる。この一貫性は、そのために感じやすくなった想像力を、たとえば夢よりもずっと堅く捉えて離さない。夢は想像力を場合によって困惑させたり、怯えさせたりするが、もともと束の間のものであり、脈絡もなく、すぐに変化してしまう夢は、眠った意識の野に自由に落ちてくる、これまた偶然の要素を行きあたりばったりに結びつけるだけであり、そしてこれらの要素は、一陣の風で一瞬にして寄り集まったのと同じように、たちまち飛び散ってしまうのである。

使い途のなくなった物は、その訴えかけてくる力、恒常性、安定性によって、同じような特権を最高度に保持している。その存在理由がどうでもいいものになってしまった絵や版画、ドアをノックする詩、こういうものもまた想像力の叙任権を与えられており、想像力を束縛し、引きずり込み、刺激する。それは意識の運動で想像力に帰属する決定的な役割を想像力に忘れさせることはない。学者でさえ、数年来、念頭を離れたことのない問題の解決に近づいたときには、計算を諦め、思考を漂流するがままに任せる。彼は類推という最後の手段が自在に働くことに同意するが、それはやむなくしているのではなく、この上なく厳密に推しすすめてきたにもかかわらず、突然どう結論づけてよいか分からない論理の構築をうまく成功に導くためにはそれが必要であることを知っているからである。

啓示的なイメージもまたドアをノックしにやって来る。そんなに昔のことではないが、種の遺伝形質を託された分子の逆螺旋形の配列——分子に効力を保証する配列——の発見のひらめきが生化学者たちにもたらされたことがあった。彼らがこの直感を得たのは、毎日、目にしている二重螺旋の階段からであり、実験室への行き帰りに、彼らはその階段の前を通っていたのである。なるほどこのヴィジョンは、長く、そして辛抱強い作業によって要求されたものではないにしても準備されたものでなかったならば、これほど意味のあるものにも、ましてやこれほど説得的なものにもならなかったであろう。またあらかじめ発見されていなかったならば、すくなくとも予感されていなかったならば、捜し求められることもなかったであろう。にもかかわらず、第一級の重要性をもつ発見そのものにとって根本的な、この複雑で奇妙な形が、彼らの経験から生まれたものでも、彼らの知識から生まれたものでもないことに変わりはないのだ。それはそこに在ったのであり、そして学者たちは予告されていたのである。

想像力、知性、夢みる能力、正確に思索する力、こういうものを、私はますます宇宙の一般的な特質と考えることがある。これらのものは宇宙のなかに、組織のさまざまの水準に、淀んだ、あるいは渦流の状態で、大抵はそれと見分けられない姿で存在する。つまり、絶えずよりか細い、より微妙な、そしてまたより脆弱な、より不確実な、より見せかけの、より危険な姿で存在する。それらが姿を現すもっとも目立たぬ段階で、その性質がどういうものでありうるかを想像すること、そしてまた、それらが姿を現すそのときの状態を——といっても、ことのほか中性的な、姿を現すという動詞が、すでに知覚可能か理解可能な、なんらかの変化あるいは傾向に対応しているとしてのことだが——指し示すことのできる適当な、あるいはたんに理解しやすい名称を考え出すことは、おそらく人間の手に余ることである。

これらの特質は徐々に明確になり、分岐し、より微妙であると同時により自由なものとなり、よりいっそうのイニシアチブを与えられたものになる。行程の終わりでは、非存在に近い、極端な微細さに達する。つまり、いわゆる精神をよぎるだけの、漠然とした下心の、おぼろな欲望の、束の間の思いの、あの微細さに。その性質は根本的に不安定なものだが、それは実験室で作り出されたあの化学元素が、ほんの十億分の一秒しか存続しないのに似ている。それでもメンデレーフ[11]の周期律表には、これらの元素の升目は残されていたのである。

夢想から生まれる空虚な隠喩、その問題をはらんだ豊かさについては、いましがた私が示唆しようとしたが、これらの隠喩の大多数に対しても、私は同じはかない運命を認めるにやぶさかではない。そのほとんどすべては、確かに一瞬にして無に帰する。だが豊かな隠喩も存在する。

のみならず例の眩暈が私にささやくのだ、生き物や銀河系星雲の運命から隠喩の運命を分かつのは、ただ規模の相違に過ぎないと。これらのものにとっても、隠喩にとっても、何ものにとっても、運命はいささかも容赦しないという事実は抜きにしても。だからこそ使い途のなくなった物から、人を啞然とさせる模造品から、不思議な詩句から生まれる、束の間の、気まぐれなすべてのファンタジーは、ある種の高貴さと、ささやかながら信頼をさえ得るのである。それればかりかこのような状況は、あらゆる存在に友好的な運命を予想しており、この運命によってあらゆる存在は、世界の漠たる一体性へ返されることになるだろう。

六　植物の条件

おお　素足のまま
「牧神」の牧場を駆ける白き「狩人」よ
すこしは植物学を学べないのか　学ぶべきではないのか？
（A・ランボー「花について詩人に語られしこと」）

互いに交代しながら、生涯ずっと私についてきたかも知れない物－十字路が、磁気をおびた標識が、いくつかの似たような道にそって並んでいた。それは私を隔たった領域に導くが、私はガイドもなく、それが誘う夢想のおもむくままに、これらの領域を探検する。と同時に、それは信用できる海図として、私の寄港できる停泊地を私に教えてくれる。つまり、それは航海であると同時に羅針盤なのだ。

物は世界の広がりと多様性に合致しないどころか正反対だ。世界には人を惹きつけ、人の意表をつき、人に問いかける無数の生き物、事物、思い出があるが、にもかかわらずこれらのものは人間によって検討されることもなければ、使いこなされることもない。それというのもただ、それらのものが生きたもの、あるいは非物質的なものであり、あまりに大部なものでありすぎるからであり、あるいはまた、植物の宇宙が往々にしてそうであるように、自然のなかで密接につながった、解きほぐせない界を形づくっているからである。

言葉の厳密な意味で、物は職人仕事、産業から、ぎりぎり譲歩して、芸術家のアトリエから生まれた道具である。いささか言葉の濫用のきらいがないでもないが、私は鉱物の標本を物に含めたが、しかしこういう標本も人間によって採取され、選ばれ、名前を与えられ、磨かれたものだ。どんなにわずかとはいえ、工場で加工され、特別扱いされ、取り扱いやすい断片に切り取られたものであり、そのみごとな秘密を見えるようにするために、場合によっては裂かれ、裁断されたものである。私が子供のころからずっと欲しがっていた物、そして多くはやっとの思いで手に入れた物、たとえば犬を繋いでおくためのムスクトン、悪魔に切り傷をつけるためのチベットの包丁、決闘用の仮面などは、自然ではなくむしろその反対物を表象している。そしてすくなくともこういう物に対する私の考えからすれば、切り裂かれたジオード(1)も、切り離された結晶のキラキラ輝く多面体でさえそうなのである。

私の催眠物の急ごしらえの目録には植物あるいは動物に由来するものはひとつもない。それはいささかも私に関心がないからでも、故意にそういうものを拒否しているからでもないし、また保存のきかないその条件から派生する理由によるものでもない。なぜなら、たとえば昆虫にしても植物にしても、乾燥させるか、標本にすれば、有機体は普通よりはずっと長く解体に見舞われずにすむからである。そればかりか、軟体動物の殻、シカ科の動物の角《つの》、毛皮や皮を別にすれば、一般に骨、象牙、角《つの》、ヒョウタン、ハスがその種子を閉じこめている、わずかに凹面になっていて、円形の孔のあいている不思議な、そして大きな如雨露口、すばらしいカメの甲羅、クジラ目の動物のアンバーグリス……存続するためには人手をわずらわす必要さえない生き物の体外に突出している付属物を、こうして数え上げていったらきりがないだろう。そして事実、これらの付属物は物の役割を果たしているのである。大きささえ許せば、ショーウィンドーに飾られることさえしばしばあるほどである。

カマキリからタコにいたるまで、動物界に私がどんなに情熱的な関心を絶えずそそいできたか、この点については充分に明らかにした[2]。この領域では私は良心に恥じることはない。だが植物の世界についてはそうはいかない。いまでも私は、植物の世界に対する自分の態度を前にして途方に暮れている。思い起こせば、私が初期に書いた文章ではないにしても公にした初期の文章のひとつは[3]、乾燥についての一種の賛辞であったが、しかも乾燥を表題にしたものであった。それは植物への愛情をほとんど表明していなかった、とだけは最低限いえるだろう。私は植物という言葉を意地悪く複数形で書き、医学的な意味に使ったものである。

私はブラジルで植物そのものともいうべきものを発見したが、その恐るべき力は人間の力と釣り合っており、町の真ん中でも、ときには木々の根で通りの敷石が持ち上げられてしまうこともある。(4) 受け身であると同時に油断がならず、そして貪婪な雌の力の圧倒的な、いわば無敵の蓄えを前にしたときの最初の印象を私は思い出す。緩慢な、そして音も立てぬ猛威、それが私を恐怖に陥れた。さきの文章で私が参考までに話題にしたのは、花冠と巨大な葉についてだけだったが、私は花冠のみごとさと巨大な葉の心地よさにひとしく目のくらむ思いだった。次いで私は、リオの中心部のラパの小公園にあるイチジクの木に急いで話題を転じた。(5) そのとき撮ってもらった、鳥かごか骸骨のように、あるいは滝のように隙間のある、その幹の写真はいまも何枚かもっている。私はその幹の有様を痙攣の発作を起こして伸びきった身体のようなものとして語り、ネッソス(6)の上着にも劣らない非情な、きゅうくつな上着を、餌食に食らいついて動かず、数百年も前から餌食を痙攣させているヘビで織り上げられてはいるが、ただしくすんだ色の上着をまとっている身体のようなものとして語った。

木材で私が好きなのは破壊されたものに限られる。つまり、建築現場の地面に落ちている真新しいオガクズの肉感的な匂いであり、あるいは化石である。不死のものとなった脆い白木質であり、樹液に見捨てられ、たちまち珪土に満たされてしまった小細胞の組織網である。このとき、碧玉の赤と紫の旗の形になり、オパールの真珠光沢をおびた絹糸となった数千年の木材は、それを永遠不滅のものと化すみごとな経帷子をまとうのである。石と化した木材は、もう雨上がりの森の匂いを立てることはあるまい。匂いといえばただひとつ、いつも変わらぬ火打ち石の匂い、舐めると舌にザラザラする火打ち石の匂いだけだろう。白檀の、押し殺した、そこはかとない匂いよりもずっと心地よい匂い。洗練された人々は白檀の匂いを衣服に焚き込み、ベナレスでは、家族は身内の死者を焼く白檀の山を築くのである。

　自分でもほとんど拒むことのできない多くの兆候で私の内部に刻印されている、このような植物への本能的な不信の締めくくりとして、アマゾニア[7]のじめじめした広大無辺の広がりを前にしたときの魅惑と後込みとを挙げておくが、私はこの地域が毒気と悪臭と有毒な発酵とをたっぷり飲み込んでいるものと想像したものである。それは虚妄だった。けれどいまでも私は、これほど過剰であれば葉緑素だけでも充分に公害よりもずっと大きな危険をもたらすのではないかと思っている。こういう冒瀆的な仮定をあえてすることからも、何ものによっても、みずからの過剰によってさえも押しとどめることのできない盲目的で、無際限の多産性に、私がどれほど反感を抱いているかは明らかである。

　とはいえ、自分の記憶に徴してみれば、私は植物の世界から製品とまさに同じの、かけがえのない、言葉の絶対的な意味での贈り物——贈り物《プレザン》、いい換えれば、まず第一にそこに在るもの《プレザン》——を受け取ったことを告白しなければならない。製品、それは心的連合の触媒であり、いましがた述べたように、私の夢想が好んでその拠り所としたものであった。

なるほど私は恥ずかしげもなく、ユリ、バラ、あるいはチューリップへの自分の無関心を告白するが、こういう花々の名声は、私には何よりも修辞学の性質をおびたもののように思われるし、その紋章学にしても要するに一種のヴァリエーションであって、アルミード[8]のわが庭がそこに広がる、目印と干渉の碁盤縞模様の世界の性質をおびたものではない。

といっても、ド・ケルドレル氏[9]のユリに、「厚い瞼を閉じる人の眠り」とリルケの書いたバラに、「スペードのクイーン」の握るチューリップに私を感動させる力がないからではない。そうではなく、これらのものには媒介物が必要であり、そして媒介物は、いずれの場合も花そのものよりも重要であるからである。いずれにせよ私にとって、精神をしてその日の思わぬ授かり物の発見に駆り立てる力がさらに強いものになるのは、花によるよりは媒介物によってなのだ。よしんばその授かり物がよくあるように不毛なものだとしても。

子供のころ、私はキンギョソウのビロードのような萼を二本の指で注意深く動かそうと懸命に試みたことがある。たぶん私はこうして獰猛さ[10]を暴力にではなく緩慢さに結びつけることを学んだ。後年、観賞用植物マランタ・マコヤマに強い印象を受けたが、それを最初に見かけたのは、ユイヌのマックス・エルンストの家でだった。その葉はいずれも披針形をしており、葉身には一本の小枝がそっくり浮き出ているのが見えるが、その小枝には、もちろんずっと小ぶりながら、支えの葉とそっくりの何枚かの葉がついている。葉をつけている茎は、本来の葉の軸になっている葉脈にすぎず、したがって象《かたど》られている葉は、そのひとつひとつが論理的にいって一本の葉枝をもっているはずであり、ただ今度は大きさがきわめて小さくなっているために葉が見えなくなっているだけだ、という思いを誘うのである。

この植物は、私が子供のころ、カカオの箱に描かれていた、レースの帽子を被ったオランダ娘のレプリカを、自然による先取りを、私に出し抜けに示して見せた。キンギョソウのキンギョとのたったひとつの大まかな類似性は、わずかな資産をたちまち使い切ってしまったが、そのキンギョソウにもまして、この植物は私を、私の最初の狼狽へ送り返すのであった。それは古代以降、エレア学派によって定式化せれてきた解決不可能な謎を引き継いだものであり、そしてその謎は、すでに一度、私の幼い思考を途方に暮れさせたものであった。

ほどけ始まる瞬間のシダの先端の渦巻き、スイカズラの鉤形の、香しい花弁、森のはずれに見られる、褐色の斑点の葉をつけた日陰のマムシグサの、緑色の小さな角形に巻いた花弁、私はこれらのものをわずかに覚えているにすぎず、記憶に残っているのはその名前とぼんやりとした輪郭だけである。これに反し、コクリコの二枚の萼片、湾曲し、軟毛で覆われた緑の萼片を、つまりその宝の小箱となっている、ぴったりと体に合った丸木船を、それが自然に落ちてしまう前に、無理に切り離したあとで、入念にたたみ込まれているその深紅の下着を、それにふさわしい慎重さで引き延ばしてみることに、私はその場かぎりではない楽しみを覚えたものだった。

私はアルゼンチンで、まだ手にやさしく感じられる綿毛をつけた新しい棕櫚の枝の山積みのなかにあったシカス(11)のベージュ色の中心部から、円いふくらみのある種子を、トランプの札や宗教画のハートの一定の形にそっくりの種子を、同じように性急に、陶然となって取り出したことがある。若い棕櫚の枝の綿毛には激しい太陽の熱が貯まっていた。私は生きた内臓にわが手を差し込む思いだった。

これとは逆に、私にはある種の食虫植物の、弁のある円筒に触れてみる勇気はなかったであろうし、刺のあるねばねばした陰門のように、ほんのわずか触れただけでもすぐ閉じてしまうその他の植物の、縁に刺のある葉の、バラ色の光沢のある粘膜にも触れてみる勇気はなかったであろう。植物園では、一定の時間に管理人が、こういう植物に昆虫をもってくることがある。そのときには温室の入り口にプラカードが立てられ、草食動物に対する植物の異常な復讐ともいえる沈黙の饗宴に惹かれた見学者の意図にそう温室が示される。たぶんこれは釣り合いではなく、応答であり、威嚇射撃である。

こういう不安定なシーソーの、左右対称の戯れ、私はこういう戯れにいわば磁石で惹きつけられているかのようだ。私は遠くからこういう戯れを嗅ぎつけ、確かめるよりも前にそれが何であるか見分ける。私の期待はめったに裏切られることはない。同様の例はイチョウ(12)の葉にも認められる。軸のV字型のあざやかな切り込みが、葉を同じ二つの裂片に分けている。だからイチョウの葉は葉ではなく写しであり、その開き具合といい、重なり具合といい、まったく非の打ちどころのない何枚かの針葉からなる大きな扇なのである。浅い縦溝のみられる表面を除けば、一枚のほんとうの葉の、まったくすべすべした葉身との類似は絶対的といってもいいほどである。

植物はその脆さのために悪天候の危険にさらされているが、またそれゆえに季節ごとの愛着がどうしても欠かせないものになる。私はこれを怠ることはない。春まだ浅いころ、私は事情の許すときはいつも、マロニエの若いひこばえを摘みに行く。それは最後には、焦げた砂糖色の釉薬をかけられ、ねばねばする樹脂をぬられた尖塔アーチの形になる。もたれかかっているもっとも古い外側の殻は、花梗の上にそり返り、必要以上に開いている。その下の殻は、コケットな女の爪のように、その端だけが暗く、光沢をおびているにすぎない。それらは不承不承やっと開く。とても淡い緑、実をいえば緑よりは銀色の綿毛のような何本かの巻きひげを出す。それはヤドカリが占領した住処の外にだして危険にさらしている脚の束にも比較できる引きつった爪である。懸命に伸びようとする、指のついた小さな手が、ラッカーのぬられた鞘をやっと壊すことに成功する。でもまだそれは掌にすぎない。セスタ(13)のように深くえぐられている手は芽の形を失っていないが、そこで手は自分たちに与えられていたわずかな空間を何ひとつ失わないために、形はそのままにおたがい同士身をかがめる。すると突然手は伸びる。いまのいままでたんなる掌であったもの、それがいま目の前にあるのは、数時間のあいだに、ことごとく指を広げた、掌のない小さな手である。手は扇形に広がり、晴れやかに輝き、一領域の王者として、もう自分たちの差し迫った成長に必要な領土を要求する。しびれを切らしている葉、飽くこと知らぬ葉、ほんとうの葉。そしてほかの緑を暗くしてしまう緑に、長い期待から、闇の冷たさから、冬の麻酔から覚めて、生まれたばかりの緑に輝いているのだ。栄光、緑の高揚、蘇った植物。

この奇蹟は、その比類ない閃光をその短命に負っている。それが明らかにしているのは植物の条件の一瞬の勝利であって、非情の、切れ目のない繁殖力を可能にする地下の執拗さではない。この力は石を打ち砕き、砂丘の滑りやすい砂をよじ登り、岩壁に根を差し込んでは、そこにユキノシタのように、高さ一メートル以上もの花をつけた竿を打ち立てる。腐植土のなかでは一株の植物から長い繊維が周りに分散し、植物が増殖する。ときには繊維から新芽が現れ、今度はそれが取り木で繁殖する。繊毛のパラシュートを大気中にまき散らす植物もある。必要とあれば、昆虫－ポーターがボランティアの仲介者の役を買って出る。私は、ミツバチが喉頭のある植物の声門の下を這っていって花粉だらけになり、やがて、ほとんど酩酊状態で後ずさりしながらそこを出ると、遠くにある補完花冠を受粉させるべく飛んでゆくのを窺ったことがある。アンティル諸島の海岸では、呪術師と子供たちが（サン＝ジョン・ペルスから聞いたのだが）、黄色の縁取りのある赤褐色の大きな丸い芽を拾い集める。それはカリブ海を越えて、別の島から打ち寄せてきたシグニーヌ(14)の実である。

サバンナの小灌木類は、降りそそぐ灼熱の日差しにものみな麻痺するなか、罰も受けずに赤銅色の菱形を組み立てる。大気の湿度はゼロ。地上にもう一滴の水もなく、あたかもその不毛を誇るがごとくキラキラ光る砕けたガラスの、敵意を剝き出しにした深みのなかに吸いとられている。海と砂漠に勝利をおさめた植物よ！　お前たちは、いまもなお抵抗と繁殖のその力について奇妙な証拠を生み出していることか！

アンドレ・ブルトンによれば、彼はテネリフェ島(15)のオロタバ植物園で、イワレンゲ類(16)の原産種の一部を見せてもらったということである。この原産種は、そのどの部分からでも、たとえその部分がどんなに小さく、またどんなひどい扱いを受けても、無限に再生する特徴があるという。日干しにされても、引きちぎられても、焼かれても、その恐るべき多産性に変わりはないだろう。イワレンゲが地上にあふれかえるのを阻止するためには、「人間には、煮る以外によい方法――実をいえばこれだけなのだが――がみつからなかった」とブルトンは結論づけている。私もまたオロタバ植物園に行ったことがあるが、このイワレンゲは見なかった。当時はそんなものがあるとは知らなかったので、見せて欲しいと申し出たわけでもなかった。ブルトンはほかの場合には慎重だが、ときには同じように軽々しく信じ込んでしまうところのある人だった。ましかし、そんなことはどうでもいい。イワレンゲが水も土地もないままかなり長いあいだ生きていられるというのは、もうそれだけで素晴らしいことではないか。要するにこの場合、フィクションは、現実が人の意表をつくのと同じように、啓示するところがすくなくないということだ。この場合、両者は同じ方向を目指しているのである。

★

あまり貧弱なのでだれも、というかほとんどだれもわざわざ訪れることもないマドラスの、どうということもない植物園に異様なバンヤン(17)がある。葉むらが巨大な緑のクーポールになっているが、ほかの植物からは隔離されていて、その壮大なさまを一段と際立たせたかったかのようである。木はその太い幹ばかりか、主な枝からぶら下がっている多くの気根－細い柱によっても地面に繋がっている。たちまち私は、同じ木から生まれ、その陰で広がっている、この森のはじまりの下を散歩――といってはひどく大げさだが、しかし常軌を逸した光景を見ているとおのずとこの言葉が使いたくなる――してみたい、あるいはこういった方がよければ、潜り込んでみたいという思いに駆られる。陰は木の生長の結果以外の何ものでもない。

パラソルの並はずれた面積は、必ずしもほんとうのもののようには見ない。垂直に下がっている気根はきちんと対称的に根付いているわけではないが、むしろ鏡のいたずらで数が増えているような印象を与える。といっても実際は、鏡に映っているのはほんのわずかな数にすぎないのだが。縁日のある種の小屋の見物人が、巧みに並べられた鏡のいたずらで、とことん取り乱し気がふれてしまうことがあるが、ちょうどそのようなものである。

数歩あるけば保護区の外に出てしまうが、保護区の向こうには圧倒的な日差しがキラキラ輝いている。ときには根‐柱がひどく接近しているため、間をくぐり抜けるには横向きにならなければならない。私も面白半分にやってみる。昔話に出てくる森もこれほど驚くべきものでも、逆説的なものでもない。ここでは逆さまの幻影で、ただひとつの木を覆い隠しているのはむしろ森の方であり、森はその木から生まれているのである。

いったいどんな予言的な、バカげた気分から私は次のような言葉を口にするのか、自分でも分からない。

「あらゆる木々が同じ根株から生まれて木々になり、あらゆる草が同じ根茎から生まれて草になるとき……」

私は急いで、この黙示録の声に沈黙を命ずる。そしてもっと慎ましい注釈に立ち返る。私は、ある自殺狂詩人の葬式の計画を思い出す。「そして私は、マンサリニア(18)の木陰で眠るだろう。」私としては、薄い小灌木としてしかマンサリニアを見たことはないが、その入り組んだ小枝は生け垣として使われている。この木陰で眠るなどということは、そしてそれが死をもたらすとは、私には信じられない。けれど、公園のなかにあるとはいえ、たった一本の木から伸び広がってゆくのを目撃した潜在的な森、あらかじめその周囲からはほかの木々は取り除かれてはいるが、それでも毎日、かき集められたなきがらの上にその枝を伸ばしてゆく森は、突然、植物の暗い魔術のもつ危険と力とを私に思い出させたのである。

★

もう三十年も前のことだが、週に一度リオとアスンシオン(19)との間をとびとびに——フォッツ・デ・イグナツには依頼がなければ降りない——結んでいる定期便の小さな飛行機から、私は自分のスーツケースと郵袋とをもってたったひとり、処女林の真ん中にどうやら開かれた小さな滑走路に降り立ったことがある。日曜日だった。時間は過ぎていった。だれも私を迎えに来なかった。間もなく日が暮れた。熱帯地方には夕暮れはない。私は私を捉えて離さない不安を紛らわすために、翅の裏にくっきりと数字の88の文様のあるチョウ(20)を捕らえようとしてみたが、突然、そのチョウが姿を消した。ガマが鳴き始めた。私にはまだ子供めいたところがある。私は数秒間というもの、それが動物学の本に出てくる、大きくて、角《つの》があり、土中に潜っていて、アルルカンか落下傘兵の擬態をしているガマースイギュウであるにちがいないと思い始めた。それが何だというのか。もう滑走路の見分けはつかなかったが、滑走路を歩いて行かなかったのが悔やまれた。なぜなら、もしそれが林間の空き地に通じているものならば、そこから引き返すこともできるはずだから。けれど今はもうあまりに遅すぎた。すこしすれば暗い夜になるだろう。そのとき、私はモーターの音を耳にした。振り返った。ヘッドライトの閃光が見えた。

私の取り乱しぶりは理屈に合わぬものだった。最悪のところでも、私は森のなかで一夜を過ごすという危険を、それも、それがどこかは分からないけれど、とにかくある部落の近くで一夜を過ごすという危険を冒すだけのことであった。翌朝になれば、郵便集配人がその週の郵便を必ず取りに来ることだろうし、と同時に、そこに居合わせているのを知らないかもしれない乗客を、あるいは心配するのがあまりにも遅すぎた乗客を捜しに来ることだろう。詫びとして、彼は村で〈すこし〉手間取ったと私にいった。

森の呪いはいまも人間に重くのしかかっている。私はその原因を、森のうかがい知れない広がりから出てヒトははじめて人間になり、地球の征服に取りかかったのだという事実に求めようとは思わない。そんなにまで執拗な隔世遺伝というものを私はそれほど信じていない。それにまた人間が、森にはオオカミの巣があり、人食い鬼の住処があるものといまもって信じているとも思わない。ヨーロッパの、標識が置かれ、手入れの行き届いた森のなかでは、イバラとヤブが行く手が遮ることがあっても、実際にはそれは、眠ることで若さを失わずにいる眠り姫を安全に守っているのだと、ただ気晴らしに考えることができるだけである。

だがヨーロッパ以外のところでは、森はいまもって恐怖の、イニシエーションの場所であり、仮面の出現する場所である。とはいっても新加入たちにとって、仮面が日常生活でいままで何度となく出会ったことのある人々の顔を隠したものであるのを見誤ることはますますもって困難である。もっとも私は、次のような伝承、ただしまさに植物的なものになってしまった伝承が、いまだに幾分か信じられていることは認める。つまり、人々の流言によれば、人間を食う木の幹が存在しており、軽率な者を捕らえると幹と樹皮のあいだで消化してしまうというのである。

★

恐怖は実証的な知識を受け入れるに及んで、その様相を完全に変えてしまったように私には思われる。植物は人智の及ばない無尽蔵の力で恐るべきものに思われ、この力の広がりと多様性は増大してやまない。それはいまもって薬と毒の貯蔵タンクのように見える。キニーネとクラーレが得られるのは植物からであり、薬剤のほとんどすべては植物から採られる。今日でさえ、漿果、ましてや使用することで無害であることが分かっていないキノコ、こういうものはいずれも有毒であるとみなされている。大人は子供にこういうものを口にするのを禁じる。怪しげな果実が苦いか美味しいかはどうでもいいのだ。繰り返されるこういう警告に影響されて、私はニワトコの黒い小さな実に触れるのもおっかなびっくりだったし、触れたあとは急いで手を洗ったものだ。ヤドリギの白い実、ヒイラギの赤い実、これらはクリスマスや新年には決まった役割があるにもかかわらず、ニワトコの実よりも評判はよくなかった。誇張されていたにしても、これもまた用心にほかならなかった。私はこれまでずっと、植物とはいわぬまでも、すくなくとも化学によって植物から採られたエキスのもたらす恐怖と魅惑とが増大するのを見てきたが、これはしかし当然のことであった。

リセで、私は次のような古代ローマの詩人の祈りに困惑したものである。

豊饒の大いなる母よ！　サートゥルヌスの地よ、英雄の偉大なる母よ、幸あれ[21]！

大地が収穫の母なる資格で褒めたたえられているのは私には当然のことに思われた。サートゥルヌスの喚起が黄金時代を暗に指していることは私にしても知らないわけではなかった。しかしサートゥルヌスが自分の子供たちを食ってしまったことも私は知っていた。とりわけ当時、私はパラケルススとジョン・ディー[22]を、通俗化された錬金術の文献をことごとく読んでいたが、そういう私がサートゥルヌスに見届けていたのは、まず第一に一個の宿命の星、鉛とメランコリーの支配者、それに何本かの環がついていて（これは固定したものなのか、それともそれ自身の回転で引っぱられているものなのか？）もっとも内側の環の名前は喪章の環、という星であった[23]。ウェルギリウスが当然のことながら錬金術の寓話も恒星空間の虚空を回転している三重の環も知らなかった、ということは私には思い浮かばなかった。いずれにしろ私にとっては、不吉な名前への呼びかけがその後につづいている収穫の母なる資格は、すこしも曖昧な余地を残すもののようには見えなかった。だが収穫とは何の収穫だったのか。糧となる穂だけでないことは確かだ。同時にまた播かれもせず刈り取られもしない雑草、おそらくは苦痛を和らげ、人を眠らせることのできる（たぶん決定的に）呪医としての草、痙攣を鎮め、出血を止め、粗暴な者たちを冷静にさせる根、こういった一種の植物‐妖精であったことも確かである。

こういう特権には、必然的に逆の、不吉な力が、媚薬の、毒の力がともなった。つまり、恋を唆す樹液、流産をもたらし、乳を涸らしてしまう種子、衰弱を、狂気を、錯乱を惹き起こす煎じ薬などである。幻覚を、陶酔感をもたらす力、そして肉体のみならず精神をも思うがままにし、内奥の反応を支配する、あの巨大な暗黒の菜園については、まだ人々の話題にはなっていなかった。この菜園で育てられる植物は、幻覚を、忘却を、エクスタシーをもたらし、驚くべき光景を、恐るべき眩暈をもたらす。子供のころ、私は煎じ薬と滋養食品でよくそういう状態になったものである。

私はここで、すでに恐るべきものとなっている現実を考慮するつもりはないし、警告と予防のために、たぶん故意に一般化したくなるような恐怖を考慮するつもりもない。私としては次の点を強調するだけで充分である。つまり植物の世界は、これからは実験室と薬局とに引き継がれ、都市文明の中心そのもののなかに、一部想像的な帝国を別の形のものとして再発見せざるを得ないということである。都市文明は、葉緑素の消失が差し迫っていることに不安を抱いていると同時に、都市文明をもってしては阻止することのできない植物のもたらす被害にも不安を抱いている。その植物が見る人を驚嘆させ、かと思うと、楽園をもたらす。そして人はその楽園から再び降りることはない。

未来に矛盾した二つの脅威を投影している植物の宇宙、私はその現実の遠景が、「至福千年《ラン・ミル》」の到来を思い起こさせる、あの世の終わりのパースペクチブにゆきつくものとは思っていなかった。私はただ、植物の条件がどうしてこうも根強い嫌悪を――一貫して変わらない魅力で緩和されてはいても――私の内部に生み出したのか不思議に思っていただけである。まるですべては私が植物の条件に恐るべき共謀があると思い込み、地球の表面を覆うことを使命とする防水マットをそこに漠然と認めていたかのようである。私は草の切れ端の一本一本に、アルゼンチンの草原にぽつんと立っている巨木オンビュ(24)を見届けては恐れたものだが、それは木というよりは巨大な草である。それは柔らかでデブデブしていて、葉を一杯まとったゾウのようだ。暖をとる薪はおろか、およそ何の役にも立たない。ただ木陰だけは作る。ときおり私は、どの植物にも、この木の特殊な樹液と混じり合った共通の乳液がめぐっており、それが樹液のなかに溶けているのだと想像することがある。この、伸縮自在で、無限に柔軟性のある木は、恐るべき陰謀に植物を糾合し、植物に不可分の繁殖力を保証する。植物に避けられない固着性を埋め合わせるのはこの力である。これとは逆に、物はどこまでも孤独で不毛であり、錆びにしか屈することはない。

私はなおしばらく私の推測の遊びを気ままに巡らせてみるが、そうはいってもこの辺が私の甘い考察に――ただしいままさに厳しい調子に戻りつつあるようだが――次の点を示唆しておく潮時だ。つまり私が、密接に結びついた、飽くことを知らぬ偽の受動性に、しかもみごとに飾り立てられた受動性に不信を抱いたのは、ただ何がしかの本能に従っただけだということを。

★

物は私の解毒剤だった。もちろん、私の不安には何ら実質的な根拠はない。それはせいぜいのところ、言葉にすることのできない幻影にすぎなかった。物は夢想にとって出発点にすぎない。

けれども厳密にいえば、物は私の精神の内部では、もしこういうことができるなら、植物の魂と対立している。植物を前にすると、物は架空の宮殿の向こうの隅におのずと並んでしまうが、それは人がみな、自分でも知らぬ間に、気にもかけずに、自分のためにゆっくりと作り上げる不可視の住居である。少年期の終わりには、それはほぼ出来あがる。やがて人はそれを忘れる。ときには生涯にわたってつづくこともあるこの期間に、すべてのものがそのなかに配分され、収まり、仲違いをしたり仲良くなったりする。ときにはまた、ある日、私たちが陰鬱な気分になり、「ノミの市」が突然、天国のように見えるようなこともあるのである。

七　石についての要約

私の関心を呼び覚ましたものの虜にはしなかった、シャンパーニュ地方の白亜の白鉄鉱のノジュール、祖母が洗濯に使っていた、いわゆる〈洗濯ソーダ〉、キラキラした、あるいはくすんだ鉋くず——その彩色ガラス細工のようなさまはたちまち忘れてしまったが——こういうものに出会ったあとで私が偶然に、そして何よりも私の心を惹きつけていた動物、植物、鉱物各界の結びつきの見通しのもとに、石に関心をもち始めたのは、やっと二十年後のことにすぎない。私はラブラドル長石[1]のなかに偏光色（つまり化学的なものでも色素によるものでもない色）をみつけたが、それは濃い青色、鋼青色で、光線の入射角いかんによってたちまちくすんだ色に変わってしまう。少年期を過ごした小さな部落で、私は当時はかなりありふれたものだったチョウ、つまりコムラサキの翅の上に色合いを変える同じ青い色を見て驚嘆したことがある。もっと後のことだが、ブラジルでは大モルフォチョウの印象的な翅が、この現象をもっと大規模なかたちで私に見せてくれた。この現象はチョウの翅に固有のものであり、そこに色彩の魔術が存分に働いているのもほとんど驚くには当たらないという考えを私が固めたのは、この翅がきっかけであった。そしていまや一個の無愛想な石が、突然おなじようにみごとに光り輝いていたのである。私はこの現象に、そのころ私が夢みていた、そして対角線と名づけていた新しいタイプの科学にとって驚くべき例を発見したものと信じた。私の考えでは、対角線の科学は、類似してはいるが自然のなかに分散していて、当該の個々の学問からは無視されている現象《マニフェスタシオン》を組織的に照合することで成り立つはずであった。事実、こういう現象は個々ばらばらに取り上げられれば、学問の内部でわずかな関心しかよばない珍奇なものにすぎない。告白しなければならないが、それにしても問題にしたのは良い例ではなかった。小さな結晶体のなかに、あるいは結晶体に代わる剝片の上に、光線の屈折によって生み出される偏光色は、完全に研究しつくされていたのだ。だがそれでも鱗翅目の玉虫色に輝く翅の上で、結局のところその場を得ているように思われる奇蹟が、一個の石の悲しみのなかへ、深い不動性のなかへ、私を決定的に踏み迷わせてしまったことに変わりはない。

　だが私はチョウを介して鉱物の世界にたどり着いたわけではない。むしろ偏光色の現象は私に擬態と仮面に関する〈斜めの〉研究を推し進め、さらに後年には、反対称に関する調査を始めるように促したのである。

石についていえば、すくなくとも以前の思いがけない出来事がすでに私の関心を石に向けさせていた。私は偶然目にした結晶の柱体《プリズム》に注意を奪われたが、いまにして気づけば、その注意力はすこしも衰えることはなかった。その日以来というもの、自分では気づかなかったが、私の偏愛は終始一貫かわらなかった。そのとき私が感じていたのは、ある漠然とした、曖昧な好奇心にすぎなかった。私は岩の結晶の針晶をみなほとんど同じものと思っていた。思えば、それは一九四二年、ベロ・オリゾンテでのことだった。ブラジルはレーダー用の水晶をイギリスに供給していた。欠陥のない純粋な水晶が必要であった。広い納屋で、専門の労働者たちが最初の検査に合格した断片を選別してはそのまま残しておくこともできる疑わしい部分をハンマーで叩き潰していた。私は明らかに無用のものとしてうち捨てられた結晶の柱体のいくつかをもって帰りたいと思った。クズのなかから好きなものを選ぶようにいわれた。いわゆる幽霊水晶(2)のいくつかの柱体が私の心をそそった。それは他のすべてのものと同じように六角針晶であるが、しかしその内部では、それ自身のイメージが何回か繰り返されては徐々に小さくなってゆくのである。

中立国であったアルゼンチンに帰ると、交戦国にかかわりのある私の荷物は入念に調べられた。水晶は戦略物資に分類されていた。私のどうということもない柱体は没収された。私は、ほかでもないこれらの柱体は欠陥のあるものであり、だからこそ贈られたものだといって猛烈に抗議したが聞き容れられなかった。どうすることもできなかった。

残念だった。私は透明で目もくらむような遠近法に深く執着していたが、いまそれが取り上げられてみると、それは突然、もう二度とお目にかかることのできない、はかり知れぬ宝物のように思われるのだった。

幽霊水晶はそれほど珍しいものではない。私はいくつかの標本を見たことがあるが、もっともそれはずっと後のことであり、イダール・オーベルスタイン(3)の店屋でのことだった。私の記憶に間違いがなければ、それは私が描写を試みた最初の鉱物だった。私は、不透明な柱体が徐々に小さくなりながら入れ子状態になり、合わせ鏡のなかの影のように、ますますぼんやりとしてくる、目のくらむような連続について詳しく述べた。結晶の透明性、水泡よりももろい幾何学的な白い屍衣の遠近法、幽霊水晶というきわめて正確な呼称、こういったすべてのものが、これらの針晶のように、理性と同時に持続に挑戦しているように見える、反論の余地のない謎と奇蹟とに飢えた精神を感動させるに与って力あったのである。

結晶の構造については、私はまだ何の考えももっていなかった。おぼろに浮かんでいる輪郭が結晶の成長の段階を示していることも知らなかった。そういうことよりも絵画と鉱物学上の遊びとの関係に、石の内部にたまたま見分けられる模様《デッサン》と現代美術のある種の試みとの相似および相違に心を奪われていた。かつては芸術家と鉱物は協力し合うことさえあった。画家はそこに人物を、あるいは木々の茂みを付け加えた。ときには形象石[4]に表題をつけ、サインをすることだけで満足し、それらの石を彼ら自身の作品に相当する自然のものとして大胆にも提出した。こうしてイタリア人あるいは中国人は、あばらや石[5]を、瑪瑙を、雲花石膏を、大理石を使ったのである。

私はこういう横領の系列を研究し、亀甲石と碧玉とを抽象絵画の試みと競合させてみた。確認されたいくつかのコントラストと一致点の明細書を作るのが楽しかった。石はいったん切り裂かれ磨かれてしまうと、ギャラリーに陳列されている絵にひけをとらないように見えた。それは催眠術にかかった自然が無意識に描き出した絵であった。私は石を絵や掘り出し物につきあわせ、ときには、ほかの動物とは逆に自分の外に作品を創り出すことに熱中している哺乳動物の駄作とつきあわせてみた。

だが私のいわゆる石のエクリチュールは、より広範な射程をもつものと思われる現象を美の領域に限定してしまった。私は自明さにそのかされて、鉱物をわが意に反して二つの主要なクラスに分類した。つまり曲線を描いて曲がっている鉱物と、角《つの》が絶対的な力をもっている鉱物とである。これは決定的に分離された二つの領域である。すなわち一方には、内部の模様《デッサン》のモチーフのなかに渦巻きや雷紋の気まぐれが見られ、外部には、ジオードと団塊の不揃いで、ざらざらした凹凸が見られる。そして他方には、直線稜と完璧な遮断面の厳密さが、完全な多角形の形態学が見られ、表面は静かな流れの鏡のように平らで艶がある。それは完璧な、閉ざされた、普通は透明な建築であるが、たとえ不透明なものであっても、それを建てるためには魔法の大工の助けが必要だろう。

お気づきのように、私は直接目に見える外観だけで満足していた。しかし外観の相違は、そのもっとも遠い発生のときからではないにしても、すくなくともその最後の相と同じようにその緩慢な生成によっても、根本的な対立を、つまり両立不可能にさえなりうる対立関係を含んでいた。

私は石の矛盾にそれほどこだわることなく石を記述しつづけた。だが記述すればするほど、この対立関係の重要性と結果とをますます大きくすることになった。私は、かつては流動状のものであったがやがて冷えてしまった溶岩を、一個の練り粉状のものをじっとみつめていたものだ。そこには翅根飾りや花飾りが、耳あてのような房飾りや花冠が閉じこめられており、そうかと思うとまた、葉のついた小枝と、オットセイのような撫で肩の、あるいはフル族[6]の女のように腰の出たバレーの登場人物、新月形の鎌、鉤竿あるいはハサミムシの関節のある毒針、あらゆる植物相と風景を先取りしている垂れ幕、さまざまな形の、可能性のある模造品の膨大な目録、たとえば断崖、牧場、砦、廃墟と化した都市、その名前がたちまち遠い響きの、常ならぬ、または古めかしい喚起の口火となるあらゆる人物像、その姿も使用法も知られていないわけではなく、また経験によりそれと分かるありふれた物、というよりむしろ雰囲気、あるいはまた、さまざまの動物、植物、異国の、あるいは遠い昔の人物、グリフオン、ヒゲワシ、オウギワシ、棒をもった綱渡り芸人、大きな軍旗をもつドイツ人傭兵、動物物語集の、あるいは紋章のフォーヌ、祭りの、仮装舞踏会の、絵本の世界、一言にしていえば、留保への、あるいは厳密さと抑制への配慮よりはむしろ、欲望と少年期のノスタルジーに訴えかけるものが閉じこめられているのである。ジオードは、その無愛想でざらざらした外観の下に無限の絵画陳列館を隠しており、そこでは鉱床と種類によってそれと分かる様式が、数かぎりない絵を主題別に、あるいは手法別に分けている。

とはいっても、どんなに短い線分もなければ、交わりをもつどんなに小さな断面もない。交わりをもつ断面は、完璧な柱体のみがもつ領土であり、そこでは同質の物質が気まぐれを、世界の無秩序な恩恵をあらかじめ拒否しており、情け容赦のない公正さによって、分子の隠された配列によって、角度とシンメトリーの変わることのない永続性によって、いわば判で押したようなもの以外はすべて拒否しているのである。曖昧なものは何ひとつないし、異論を差し挟む余地はみじんもない。

私は明白な対立関係を考慮せざるを得なかった。鉱物の博物館学で扱われる絵では、すべてはただ推測と解釈にすぎない。あたかも版画の不正確さには必ず想像力の自己満足が対応しなければならないかのようだ。自在さと気まぐれにともに手を貸している二つの異なった形のあいだには、ほとんど想像も及ばない、それでいて必要な結びつきがある。要するに二つの放縦があり、物質の放縦である第一のものが、想像力の放縦である第二のものを生み出し、それを鼓舞する。第二のものが第一のものをほかの界に延長しているだけでない限りは。事実、私は石がすでにその水準において、道教ふうの寛大さか、イグナチウス・デ・ロヨラの、あるいは第二のサン＝ジュストの厳格さのいずれかを選び取るように要請されていたのだと、心中ひそかに考えたい気持ちをやっと抑えていた。

石にとって真の奇蹟とは紛い物の驚異ではなく、結晶の幾何学的な完璧さである。それは不純物を取り除かれて透明になった物質であり、そして何よりも極度に純化され、整序された物資である。それはどんな妥協も認めない。その形の一部は偶然の状況に左右されるが、しかし状況は本質的な影響は与えない。形は契約を守る。これほど堅固な忠誠というものはこの世に存在しない。もちろん、結晶はその成長を押しとどめる何らかの障害には従わなければならない。ときには偶発的な、予測できない異質の要素を、要するに刺を吸収しなければならないときもあるが、しかし力ずくでなければ変質することは決してない。さらに結晶には、生体がそうであるように、闖入者を排除する性質がある。闖入者を稀に受け入れることがあるにしても、それはただ一時的に黙認できる新参者としてだけだ。その情け容赦のない構造が、おそらく最後には闖入者に打ち克つことになるだろう。この勝利は実際にもたらされることがあるが、しかしいつもそうであるとは限らない。

したがって包有物の結果か、あるいは結晶の性質そのものと明らかに相容れない、望ましからざる物体の永続性の結果でないような紛い物も、背景も、縁飾りも、結晶のなかにはほとんど存在しないのである。水晶のなかには鉄の針、亜塩素酸塩の苔、金紅石の髪、電気石の斜線などが見られるが、こういうものは結局のところ変化に乏しい、異質の入植となって終わるにすぎず、根本的にそのままである。おのずから作り出されるか、あるいは同化するものは何もない。おそらくは糸の雨、あるいは灌木の凍りついた糸枷はあるが、絵も、絵に似ているものは何もない。ただ何本かの小枝、異様に細い糸、ぎりぎり譲歩して結び目、病んだバラのようなシニヨンが見られるが、いわば消化され、溶かされたものはひとつとしてない。それは言葉の強い意味で、不可入性のものなのだ。その厳密な分子構造が一切の柔軟さを、したがって解釈可能な挿絵のきざしのすべてをそれに禁じる。結晶の完全さは、その物質の――私のいう意味はその化学的性質のことだが――いかなる変化も認めないし、そのコード――私のいう意味はその結晶学上の定義のことだが――の変化も認めない。内成的なさまざまな起伏、旗、ガマ、イチハツ、あるいは水蒸気、こういうものが結晶を包囲していることがしばしばあるが、それでも結晶の透明性は第二の自然のように見える。異質の侵入者は、ほとんど永久にそのなかに溶けることはない。ただし、バラ色の靄がときには漂っているかのように思われる紫水晶、あるいは岩塩の場合は例外である。

私の石との真の出会いは幽霊水晶とのそれであったが、しかしそれは、芸術家たちの賛嘆とはいわぬまでも好奇心を呼び起こした絵紋様入りの石への関心を私にもたらしたわけではないし、宝石類、たとえばダイヤモンドの性質となっている完全な透明性への、欠陥の、かすみの、起伏の不在への好みをもたらしたわけでもなかった。むしろ私がそこから受け取ったのは、スペクトルのある結晶、いいうべくんば、言葉の軍事的な意味でスペクトルにすっかり占拠された結晶への持続的な、いずれにしろいまだかつて裏切られたことのない偏愛であった。ベロ・オリゾンテで見た幽霊柱体のぼんやりとかすんだ遠近法が、徐々に遠ざかってゆくその後をなおも追ってゆくように私に促しつづけていることをどうして疑いえようか。

おそらくこの最初のショックが原因だと思うが、私は、正当な理由をみつけるとなれば自分でもひどく当惑しかねないような熱心さで一個の結晶をじっとみつめつづける。それは板状であると同時に完全な、きわめて稀な結晶であり、空間が足りないために絶えず上へ上へと覆いかぶさらなければならないためにいっそうもつれ、密生した刺のある藪が茂っているかも知れない呪われた場所のように見える。板状の完全な結晶は、上と下が普通の、これまた扁平のピラミッドで終わっており、したがってその頂点は、完全にまっすぐで水平な頂部に取って代わられている。側面は二つのシンメトリックな遮断面になって終わっている。つまり、これが再構成することのできる姿であり、板状の完全な結晶が、それに被害をもたらし、その底部のピラミッドをほぼ完全に破壊し去った恐るべき突発事故が起こる前に示していたはずの姿である。それは黒く、焦げていて、形も定かではない。かつての幾何学的完全さの面影をとどめているのは、鉱滓の固さだけである。その上、結晶の後部表面は、炭素質の硬い凝塊の起伏の、またもっとも激しい流出の瞬間に取り出された溶岩の塊の、膨れの、ほぼ半分の高さまでが溶けているのである。

水晶は実際は溶けない。その水晶を石のスポンジのように変えるほど激しい業火とはどんなものだったのか私は不思議に思う。結晶の全表面は黒い被いに被われており、そのため結晶の透明性はまったく見えなかった。つまり、無傷のままの板状の表面は磨かれたものであり、透明さは鉱物に復元されたものだった。暗い、傷のある底部は、わずかに見られる隙間を通してしか日の光を通さないが、やがて頑固な汚濁から抜け出ると、絡み合った藪になる。この藪は疎らになって無傷のピラミッドの頂点にまで達している。いまや比較的はっきりと見える最後の小枝は、ピラミッドの頂点にまでは達していない。もっとも高くまで達している小枝、それはまたもっとも太い小枝のひとつでもあるが、それはピラミッドの頂点へ入り込む前にほとんど直角に折れている。あたかもある優れた力が畏敬によって小枝に頭を下げさせることができなかったために、それをへし折ってしまったかのようであり、あるいはまた、小枝にとってはいわば息の詰まりそうなものであったかも知れない、あまりに純粋無垢な場所を突然さけねばならなかったかのようである。

乱れ茂っている最初の藪と最後の後退とのあいだで、茂みは徐々に疎らになってゆく。かたくなにまっすぐ伸びている何本かの胚軸が、あらゆる方向に交錯している。胚軸は細く、断ち切られているものもあれば、ほかの胚軸を断ち切っているものもあり、もうどんな樹液によってもしなやかにはならない枯れ木である。先端を切り取られた何本かの細い刺が、胚軸の上に綿毛のようなものをとどめているが、まるで通りがかりにこの世のものとも思われないヒツジの毛を引っかけてしまったかのようだ。というより、虜になり、とうとう埃だらけになってしまった露の雫でもあるかのようだ。クモの巣よりも、あるいは空中に漂うクモの糸よりも、あるいはまたわずかな量の水蒸気よりもずっと軽く、ずっと綿毛のような何か。こうして一本一本の小枝から、樹皮の薄膜が伸び、剝がれてゆくのである……こうしてそれぞれの小枝の上に、銀色の綿が横たわるのである。

極端に水分を失った茂みは、それでもなお驚くばかりにぴんと伸びた針葉の組み合わせ模様である。結晶は、その透明さがやっと浮いて見えるような濃い筋の驟雨に占拠され、場所を塞がれ曇らされていても、直線と角度とからなるその固有の形態《スチル》に、金紅石の糸枷よりも水晶の性質にふさわしい黙契を見いだす。この性質によって強調されているのは、結晶物質の拘束に従わない粗雑な物質が飢えた想像力に提供する厳密さに欠ける風景に、その純粋性は満足するわけにはいかないということだ。あらゆる約束事、遊びの、芸術の、裁判の、ただし至高の権威をもつ裁判の、約束事と同じように、結晶物質の拘束は恣意的なものであると同時に不可避のものである。恣意的なというのは、それが異なったものでありうるということだ。不可避なものというのは、より微妙な、より脆い水準において、みずからが拘束の産物である存在にとって、拘束を修正することはできないということである。

★

数年前のことだがブラジルで、光沢のある、不透明な、大きな結晶が、さる風変わりな鉱床から掘り出されたことがある。それはまた完全に反対称であったが、それはさながら悪霊がひとつとして同じ面が、同一の角度が、同じ長さの稜がないように取りはからったかのようであった。もっとも、紋様のそれと分かる個々の目印にまで巧みに及んでいるこのような差異にもかかわらず、側面はまったく滑らかであり、均質であった。ほんのわずかの規則性も、符号し合った二重写しも偶然によってすらそこに導き入れることができないようにするために、個々の要素の配置が入念に計算され、確認されている極端な結晶といってもよかった。だが、もっと奇っ怪な矛盾が鉱物学者を待ちかまえている。つまり、結晶の内部は、当然そこに確認され得るはずの厳密に同質の物質に占有されているのではなく、いくつものジオードの、予見不可能な、ありとあらゆる驚異に占有されているのである。それはかつてなかったほどみごとで、いわば挑戦をつきつけるかのように、かつてなかったほど複雑である。多面体のむきだしの、非の打ちどころのない表面に近づくにつれて固さを増してくる中間の層を過ぎると、ジオードは扁平になり、そして消えうせる。思うに、こういう謎めいた立体図形を明確に指し示す点で、どんな名称もいまだに成功を収めてはいないし、固体の両立不可能な二つの状態のこれほど密接な、反自然な結びつきについて、反論の余地なく説明するどんな解釈もいまだに行われていない。提出されたどんな学説も学者たちの満場一致の賛成を得たようには思われないのである。

私としては、不可能な出会いの秘密をつきとめたいとは思っていない。私は自分がことのほか感嘆しているものがいったい何なのか知らない。鉱物が見せる奇蹟の、相反する二つの形態の密接な結びつきなのだろうか。結晶の構造と内部の光景の夢幻境なのだろうか。あるいはそれとも、その構成からほんのわずかな対称性すら除去することに成功した結晶、それでいて閉ざされた、完全な、自立した、ある種の結晶と規則性との、あのもうひとつの結びつきなのだろうか。完全に分離されたミクロコスモス。

夢と思索は二重の不思議な挑発から限りなく生まれ、そして再生する。私がそう名づけた逆説的瑪瑙は、私にとっては、私が物-罠のなかに一貫して探し求めてきた解放と刺激の力を要約し、かつ充たしている。物-罠はひとつまたひとつと私の夢想に未聞の発想をもたらし、私の夢想は、それによって唐突に冒険と新鮮さを目指して歩み始めなければならなかった。私は徐々にアナバシス(7)を余儀なくされたが、それは対立から対立へと経巡りながら、世界の始源にとはいわぬまでも、いずれにしろ私自身の種にとってはもっとも無縁のものである世界の果ての始源に位置する対立へ私を連れてゆく。私は物－罠のおかげで、私に到達しうる究極の隔壁の足下に自分がいるのに気づく。それは、無感不動の、永遠に指示的な鉱物の決定ともいえる、最初の分割線からなる隔壁であり、絶えず更新され、再開されなければならない私たちの選択とも、私たちの束の間の条件とも、また私たちのその場かぎりの感情とも正反対のものである。あたかもそれは、私が記憶にとどめた物が、不完全な石が私をそこに導いていった全部の石が、どこかの親指小僧のように、私が見失った道を再び見つけ出し、ときにはそれ自身仮りのものである種の交換可能な成員の、はかない存在の限界から自分を解放するのを助けてくれたかのようである。

第Ⅱ部

一　宇宙——碁盤と茨の茂み

私の著作は、すでに強調したように、人々から高く評価されている基準から見ればいささかうさんくさい、すくなくとも周縁的な性質を共通にもつものであった。自分では気づかなかったが、私は著作活動を通して最後の方向転換に備えつつあった。そして反対称に関する試論を書いていたとき、私はまさにこの方向転換のつらい作業を遂行していたのだった。しかも私は、絶好のチャンスに恵まれながら、結局、法則の種類の確定に失敗したが、それでも私が法則に絶対的な優先権を与えつづけたのは、たとえ棄て去ったものとはいえ、私にシュルレアリスムをめぐって波乱にみちた経験があったからである。問題の法則は組織《ミリユウ》によって無視されるか、あるいは実りすくない試みのあげく無益なものとみなされ、たちまち見捨てられてしまった。けれどそんなことは私にはどうでもいいことだった。私は深い確信から、と同時に頑固さから、自分の探求では断固として世界の統一性を選んだ。私の念頭にあったのは常にそれであり、到達したいと願っていたのもそれであった。すべてのものは外観の相違にもかかわらず、そこにこそ見いだされ、存続しつづけ、何回となく反復されているに違いなかった。大きな安定性のあるあらゆる環境《ミリユウ》、あるいは徐々にではあるが絶えず変貌しつつある、あらゆる環境における反対称の現存、ないし出現の永続性は、同じような普遍的な統辞法の存在を私に確信させた。私はこのような統辞法を次のように定義した。「それらの権限は、対象の性質にも尺度にも、対象の属する次元にも影響を受けることはあるまいし、従ってまた数と数との関係も、無機あるいは有機物質も、厳密な思考の歩みも、さらには興にのった、あるいはそそのかされた想像力の錯乱さえも、その権限に服することになるだろう(1)」と。こういう仮定上の法則は、世界の既知事実のあらゆる広がりの上に必ずや拡張されるはずであるように私には思われた。私はこういう考えのもとに、宇宙のなかに創造的な反対称の多様な、そして決定的な現れを見つけ出そうと試みた。重力あるいは磁気の場合はもちろんだが、この現れが確認され、確証されているほとんどあらゆるところに、それを跡づけてみることは比較的簡単なことだった。だが私は、こういう例だけで満足していたわけではない。結晶の厳密な構造も知らなければ、放散虫類に孔をうがたれた微細な多面体も知らなかった人々によって創られた幾何学も、同じように精神世界と物質世界とのあいだに奇妙なほど正確な連続性を仮定しているのである。鉱物のなかには、ある種の曖昧な粘液の分泌した、もはや素描とはいえない厳密な構造が存在するが、人間の天才は、推論というただひとつの能力でこういう構造を演繹できることを、ずっと後になって示して見せなければならなかった。

このような相関関係が認められるにしても、なるほどその外には野生の思考が、夢想が、寓話が、譫言が、要するに気まぐれと妄想の領域が残っている。だが私には、この領域が普遍的な空間のなかで奇蹟的に孤立したもの、自立したものであるとみなす理由は何ひとつ思いあたらなかった。私の推測によれば、おそらくは寛大な統辞法がこれらの狂乱と逸脱とを支配しているのであり、と同時にこの統辞法は、無機物質のそれを別の形で延長したものであり、ほとんど逆の、きわめて許容性に富んだ条件に適応しているため、その条件のなかでは、統辞法に固有の厳格さは、捉えどころのない媒質同様に散漫なものになり、媒質のなかでたちどころに消し去られる影となり、またたくまに沈黙に戻る反響となって消え去ってゆくのである。

母音に色があるか否かは私にとってはそれほど重大なことではなかったが、色と匂いと音とが互いに照応し合っていることを私は疑わなかったし、そのことを不思議に思っていたわけでもなかった。私は、異なった感覚によって捉えられる波動が、波動間に保持できる共謀とは別の共謀を探し求めていた。自分でも分からぬ何らかの法を、類縁関係を考えていたのであり、安定した原子価を考えていたのだ。感覚的なものにも想像的なものにもひとしく適応することができ、それでいてそれらのなかに消えうせることのない原子価、その特異な力を、変わりやすく捉えどころはないが、ほとんど多岐にわたる作用力を、空間も重力ももたぬ環境に似た作用力を保持しうる原子価、そしてその行き着いた果ての環境のなかに溶けてしまう原子価を考えていたのである。

私は、こういう原子価の流れを地中に没しては再び湧き出る川、やがて異なる風土の遠いはるかな国々で、ときには凍てついた、あるいは灼熱の風土の国々で再び地表に姿をあらわす川として想像する。その水は濾過され、そして同時に豊かになる。水はいつも同じなのに、だれもその秘められた連続性を思いみることはない。いま私の念頭にあるのは、アルペイオスの流れのように、その水を海水に混ぜ合わせながら海峡を横切り、やがてあてどない夢を追って旅立つ前の流れに戻り、いまや別の岸辺で静かな流れとなって流れている川のことである。私は宇宙全体を、このような回帰する川によって灌漑されたものとして想像したものだ。こうして人間自身もまた、しばしば長くつづく沈降点を通り過ぎて再び姿を現しては、往々その生涯の終わりには、不思議にもその最初の光景を取り戻すのである。『イワン・イリイッチの死』は、おそらく人間の書いたもっとも美しい物語のひとつだが、それというのもトルストイは彼以前のだれにもまして、この転換の苦しみと悦びとをみごとに表現することができたからである。私が自分をアルペイオスの流れになぞらえたのは、私としては、まったく最後の転換としてだ。学業と社会は、青年を海原のように広大で汲み尽くすことのできない世界に投げ入れる。ある者は、旅立ちのころの孤独な彷徨を、たとえそれが砂と岩のあいだをめぐるものであっても、ある日ゆくりなくも、取り戻したいと願うだろう。横切ってきた波の塩が、おそらくずっと染みついて消えることはないだろう。彼らは、自分たちの水を再びもとの泉の水にするために、最善の努力をする。そのためならばどんなことでもするだろうし、必ずしも思い通りにゆかなくとも、熱心に希求することだろう。彼らはアルペイオスの流れを羨む。けれど無駄である。

　私たちはみな、人間の作りだす観念によって織り上げられている。観念から遠ざかるのは、私たちよりずっと長く生きつづけるヒドラの絶えず再生してやまない幾千もの頭を切り落としたいと思うようなものだ。到達不可能な目的に近づく手段は、おそらく数えきれないほどある。書くことはもっとも矛盾したものではないにしても、たぶんもっともいかがわしいものだ。なぜなら、ペンで汚してゆくページそのもので、厄介払いしたいと思っている嵩張る荷物をさらに大きくしているのだから。ページによって人はますます荷物に結びつく。私は私の離脱の空しい進歩を鏡にうつして見るために、愚かにもページを利用する。私の書いた数すくない物語を見てみれば、私にこのような関心のあることは明らかである。ここでは、将来一冊にまとめる予定の物語[2]のなかから二、三の例を取り上げるにとどめる。たとえば「サートゥルヌスに倣いて」という私の物語は、いましがた買い込んだ瑪瑙の薄板の二つの細部と宿屋の太った女中を素材にして「メランコリア」を制作しているアルブレヒト・デューラーをデッチあげるのだが、デューラーはその宿屋で、買い込んだ瑪瑙をランプのほの暗い焔にすかして見る。彼は芸術の、学問の、そして世界の笑止千万の愚劣さを考えざるをえなくなるが、彼にそう考えさせたすべてのものを次々に版画に彫り込んでゆく。事実、時間の経過とともに、彼の版画も、彼の名前も、人間も姿を消してしまい、残るのはもう人間以前に存在していた瑪瑙だけになる。

いま私はもうひとつの物語を書き終えたところだ。[3] 日ごろはそんな気分になることはないのに、私は放浪の旅の気分に浸りながら、同意を与えられていると同時に統御されてもいる、あの精神の彷徨についての例証を手に入れようと思う以外に、これといって心にかかることもなかったが、気がついてみると、細心な注意を要する調査からどことも知れない海のなかの一種のあてずっぽうな航海にいつのまにか移っていた。今度は私のほうが自分の考え方を船の揺れに、世界の多様性に合わせなければならないように思われた。私は、安定していて穏やかな、同時にまた実際に生きられたものでもある相互依存関係、不一致の見られない相互依存関係の夢を追い求めながらも、絶えずそれを世界のあちこちに移動させていた。私の出発点はトンネールの採石場[4]から切り出された縞模様のある燧石であった。その連続している晶帯から浮き出ているのは、よく目にする円形の層ではなく、空間全体におよんでいる六つの双曲線の非のうちどころのない戯れであった。私はこの驚くべきモチーフを、かつてクラードニ[5]が水平の板の上の金属の粉末を震動させて実験室で作り出した図形と比べてみた。彼は台板の縁をヴァイオリンの弓でこすって粉末に一定の震動を与えたのだった。私は一か八かの決断をした。私は想像力の領域に入りつつあったのだが、そのとき私が思い起こしていたのはハーメルンの子供たちの伝承であった。子供たちは、彼らの親たちに騙されたネズミ捕り男が魔法の笛でおびき出し、閉じこめた山腹で、調子をとって永遠に踊りつづけるのである。

私は徐々に聖人伝あるいは叙事詩のほかのエピソードへ移ってゆき、[6] ついにはそもそもの出発点であった双曲線のある石を思い起こさせるものはもう何も見あたらなかった。けれども私としては、自然の法則に従っているものと思っていた。私は無感不動の鉱物を捨て去り、夢の入り組んだアマゾニアに迷い込んでいた。夢遊症にかかった従順さはおのずと古い小径を見つけ出したが、そこに残る足跡は、分岐点に達するにつれてますます小さくなり、ついには空気よりもおぼろになり、ほとんど非存在と異ならなかった。ある日、私はカナリア諸島の竜血樹の二つに裂けた枝の配列を思い起こして、「世界はこの木のようなものである」[7] と書いたことがある。けれども竜血樹のどんなに細い小枝も、すばらしい一本の幹のゆきついた果てのものであり、幹は絶えず単純な同一の枝分かれを規則的に繰り返しながら、ついにはほんの小さな葉からなるドームとなって広がる。だがそれでも世界は目に見える葉むらとなって終わるのではなく、触知することのできない、相互に浸透し合う建築物となって終わるのである。それは色も持続もない建築物であり、できた瞬間に破裂する水泡のようなものだ。水泡は瞬時の雲のように消えうせるが、にもかかわらず、ただひとつの緻密な中心から流れ出るのであり、その中心の脆く、はかない輝きとなっている。知性をよぎる個々の観念、眠っている人を悩ます個々の夢、こういうものは、無限の枝分かれが非物質と化す限界にまでたどり着いた唯一の樹液の、遠くはるかな支流のようなものである。

私にはこのイメージだけで充分である。私は体系的精神を警戒する。私がデッチあげたかも知れない体系、その空隙を、私は抗い難い傾向に引きずられるがままに埋めることになるのではないかと怖れる。私はさまざまな分類法を、複式簿記を、周期格子(8)を使いふるすのが好きだ。私は答誦者を、複製を、重複を探し求める。大括弧と小分類は私のお気に入りだ。けれど私がそういうものを使うのは、限られた分野のなかでしかない。そういうものは、限定されたパノラマ用の方向指示板にすぎない。私の従事している測量杭の設置は、決して遠くにはおよばない。それはたちまち使い切ってしまう。新しい印《しるし》が私の注意を引き、思いがけない出来事が、だしぬけに私の袖を引く。大抵の場合、それは強く、何回となくその主張を繰り返さなければならない。たちまち私は屈服する。いまや私は足跡に身をひそめ、そこで参考になる個々の細部を窺う。絶えず待ち伏せをしている猟師、最初の獲物の狩り出しのときと同じように情熱的な猟師、いやそれ以上だ。なぜなら、獲物の狩り出しは錯綜しているから。最後の狩り出しは、前のものより常に重要なものに思われるが、それというのも前者は後者を検証するからだ。個々の発見は累積の何らかの結果として、以前の検証のおよぶ範囲を確認し、かつ増大させる。それは新しいパースペクチブを垣間見せると同時に、そのよりよい位置づけを可能にする。私は大胆であると同時に慎重でなければならず、見せかけの外観に騙されてはならず、同時にまた、私がその変容の跡を追跡している法則が、その行き着いた存在の次元にふさわしい未聞の、人を当惑させる外観を間違いなくまとうことを忘れてはならないのだ。事実、長いあいだ認められてきた謬見とは逆に、自然はただ飛躍によってのみ生まれたのだ。挑発の気持ちがなかったわけではないが、私はこうして人の顰蹙を買うような普遍化をあえて試みながら、燧石の団塊の紋様から出発して、テーベの城壁の建設とエリコのそれの破壊とを物語る寓話に話しを進めた。場合によっては響きを伴わない一定の震動、その唯一の力が接点になっていた。人間の耳には聞きとれない超音波が結晶を粉末の小さな山と化す。ギリシアの、そして聖書の伝承は、かつては神に、音楽に帰せられていた、ある途方もない特権についてのおそらくは想い出、あるいは予感にすぎないのである。

個々の思いがけぬ一致、遠く隔たった界に見られる同じ現象の個々の二重写し、こういうものは、ある内密な特性がちぐはぐで多様な現象の下に隠されて、おそらく執拗に存在しつづけていることを知らせている。なぜならアムピーオーンの魔術もヨシュアのラッパも、鉱物の瘤塊の内部にある紋様の、可能な配列のひとつを説明するために考え出されたアレゴリーでないことは確かだから。こういう物語は、想像的力のなかでもっと普遍的な力に相当するものであり、あるいはその残響である。この力は、そのもともとの機能を失い、物質を、いい換えれば、不活性で硬く同時に脆い、支えをもたない環境のなかで職を失っており、この流動的で移り気な想像力の世界に反響可能な一個の代替物を出現させる以外に打開策はない。つまり、これらの寓話は、この代替物へのノスタルジーを永続させ、あるいは差し替え、それに対応する人工のモデルを考え出し、制作しようという野心を起こさせる。絶対的で御しがたく、そして恐るべき最初の原理は、人間の知性を介して最後には感知することのできる従順な、そして好都合な中継点を与えられる。だが回り道という代価は支払うが、取り木によって殖えるのは、いつも同じ呼びかけである。瑪瑙の紋様を、そしてチョウの翅の模様を絵画が別様に引き継いでいるように。

以上に述べたようなことがたんなるバカげた空想か、それとも豊かな直感であるか、即座にこれを決定する方法は、おそらくだれにしても持ち合わせてはいないだろう。私自身は夢想を精神の漂流と呼んだが、そうはいっても夢想は、納得のゆくものとはいわないが不可避の方向に従っている。私が好んで鉱物界を引き合いに出すのは、それが想像力の世界ともっとも矛盾しているからであり、さまざまの困難をあたうかぎり正しく受け止めるよう私に強いるからである。もし絶対的に普遍的な命令《アンジョンクシオン》があるなら、人はその印《しるし》なり流体なりを、ものいわぬ核の塊をはじめ多孔質の表面に見られる数知れぬ孔にいたるまで、巨大な迷宮のひとつひとつの回廊に再び見つけ出すはずである。この孔から漏れるものは、おそらくきわめて微小な粒子か、移ろいやすい観念だけであり、両者はごく短い持続性しかもたないために無に近いものである。

二　水泡

私は挑戦の気持ちからと同時にたぶん悔しまぎれに石を身元保証人に、ほとんど引き立て役に選んだが、こうなるまでには長い時間を要した。数年来というもの、私は絵画と文学作品との評価において独創性に与えられている、ほとんど排他的な価値について心やすからぬ思いを抱いていた。私がそこに見届けていたのは一種の競り上げであり、それが不可避的に加速されてゆけば、傾注された努力の存在理由そのものをさえ破壊しかねず、どんな大胆な試みも、さしあたりもっと法外なものと思われるほかの試みに、たちまち出し抜かれてしまうのであった。

事実、新奇さというものが成功の条件のようなものになっていた。名声はますます長続きしなくなり、作品は称賛を得るのもはやかったが忘れ去られるのもはやかった。昨日の日付の紙を毎朝むしり取る、あの日めくりの法則は、ほとんど日常生活から忍耐と内省とを最大限に必要とした作品にまで及んでいた。それは当然だというのがほぼ私の考えだった。私自身の著作もどうやらその範疇に入る人文科学も、同じような価値の絶えざる下落をすこしも免れてはいなかった。体系が体系に次ぎ、そしてそういう構築物の大部分が、絶えず変化している語彙にしばしば依存するものであることを認めなければならない以上（著作家は自分の語彙をもたないかぎり、ほとんど注意を引くことはできない）最新の体系が次の体系のあらわれるまで先行体系の位置を占めるのは、結局のところ当然であった。

だがそれでも、書くことは持続に賭けることを前提にしているという私の確信には変わりはなかった。同時にまた私は次のことをも了解しなければならなかった。つまり、聖なるもの、祭り、小説、戦争、あるいはその他お望みのものに関する私の理論は、さしあたり私にとってどんなに巧妙かつ堅固なものに見えようとも、いつかはほかのすべての理論と同じ運命をたどるものであり、それればかりか、聖なるものの、祭りの、小説の、遊びの、戦争の、一言にしていえば、私が研究に専念してきたすべてのものの形式がそれ自体ますます急速に変容していっている以上、なおいっそう急激にほかのすべての理論と同じ運命をたどるだろうということだった。もう私は書く気がしなかった。束の間のものであることが明白な結果のために長期間の努力をしなければならないからである。

私の内部にひとつの考えが芽生えはじめたのはこのときだった。それはひどく月並みな考えだったが、それでも私の意欲をそがないではおかなかった。私のように自分の自立性に愛着をもち、そして無愛想な人間には、いささか不愉快な考えであった。私は次のようなことを理解したが、しかしさしあたりそれが重要なものとは思っていなかった。つまり、もし私の生まれによって、ほかの教師たちの教えが、私の一連の読書と友情が、当時は新しかった学説の権威が決定されていたならば、いい換えれば、もし私が別の環境に、他処に、あるいは別の時代に生を享けていたならば、おそらく私は同じように厳密な、あるいは同じように誤った論証を苦心して組み立てたことだろうが、しかし論証の方向は異なっていただろうし、いずれにしろ論証は別の術語、別の問題意識、別の親和性ないし排他性の刻印をおびたものになっていただろう。極論すれば、私には人が書くことのできるものは自分を除いたすべてのものに依存しているように思われた。こういう根本的な没個性、それはまさに一般則であったから、結局のところすこしも重要なものではなかった。にもかかわらず私は、没個性に一向に満足することができなかった。もし自分の考えを突き詰めたなら、私は自分を交換可能な者と思うようになったことだろう。事実、その後、私はこの事実を多少とも確認することになったが、人はあらかじめ書き上げられている同じような種類の著作（私のいっているのは知識と内省の本のことだが）から出発しない限り書くことはできない、ということはこれほど明らかなのだ。人はこういう著作を偶然のきっかけで知り、それを引き延ばし、語釈を加え、完成させようと決心するか、あるいは逆に、それに異議をとなえ、それを論破しようと決心する。したがって人の書く本は、ほとんど全面的にこういう著作に依存しているのである。

こんな事情で、私はかつて自分がそれに献身し、いま括弧と呼んでいる研究からますます遠ざかりつつあった。それでもなお同じような研究を企てることもないではないが、しかし研究を始めるにあたっての情熱は以前とは比べものにならないほどわずかだし、仕上げたときも確信はない。いま私は、ある種の無関心がふくれ上がってゆくのを感じている。それは知識と内省の世界に関して――つまり私のいう意味は、知識を深く究め、知識を秩序だてて理解するにあたってということだが――ときには私をたじろがせ、ときには私の気持ちをなごめてくれる。私自身の本にも、文字通りもう開いてみる気になれないものがある。といってもその内容や表現さえも私が否定しているということではない。そういう本が他人の手に成ったものだとしても、それを見、それに触れることさえ私に禁じる、いささかの悔恨をまじえた鳥肌立つ思いを、私の内部に惹き起こすものではないと硬く信じてさえいるのである。

こんなにもバカげた、それでいてうまく克服できない態度を私は理解しようと努めた。自分の書いたほとんどすべて本に、こういう表面的な嫌悪を私にそそる理由を、納得のゆく理由をみつけだそうとした。事実、どんな不注意からかは知らないが、私が自分の本で大目にみることができたのはほんのわずかにすぎない。

生き残ったわずかの本に私がなぜ寛大だったのか、その理由はいまはもう明らかだと思っている。つまり、そういう本は、本来的にその場かぎりの、仲介的な、あの精神の活動から生まれたものではなかったからだ。ここでその場かぎりの、仲介的な精神の活動と私がいうのは、公理的ではないにしても、正確にいえば厳密なものではなく、と同時に詩的余韻をもたない活動、いい換えれば、それ自身の活動の展開にあたって、とりわけほかの思考に何らかのかたちで依存している精神の活動のことである。当時の私の苦しみにとって、興奮した昆虫の群れが立てるブンブンという翅音にも似ている、あの精神のざわめきを定義しようとして、私はあたうかぎりの貶し言葉を探した。私は〈空論〉[1]という言葉に気づいたが、これ以上に悪い言葉はみつからなかったし、それにこの言葉は、機械的なものを、不毛なものを、未完成のものを同時に喚起しているからである。だから私がこの言葉で指していたのは、観念の無秩序な増殖、つまり、どんな調節をしても鎮められない異常繁殖である。それは精神の世界におけるガン細胞の増殖――一定の限界を超えてしまえば既知のどんな薬も効かない――のようなものと私には思われた。このとき勝利を収めるのは、制御できない、指数関数的な、細菌のある種の再生様式であり、私のみるところ、それは厳密さを自分の名誉としている真の思考とは正反対のものである。私はためらうことなくここに観念の世界に固有の病を認めた。だがそれを告発したところでそれに屈服する以外、私に何ができようか。私は沈黙を選んだ。

それでも私は、ここに繁栄しているのは葉緑素と汚染の結合と同じ異常な結合であると思った。私は葉緑素と汚染の恐るべき結合を熱帯の泥水のなかに一度ならず確認していた。そこでは湿気が肥沃さと同程度に汚染を助け、太陽が発酵を加速させる。光合成が毒気とバクテリアを繁殖させる。つまりすべてのものが、原始の巨大な温床の生み出す有害の増大化に手を貸しているのだ。

精神の領域で私がいたく怖れているのは、豊かさがこれと同じように抗いがたいものであり、バルサムないしは毒を、薬と公害をはるかに無関心に作り出しはしないかということである。人間は自然の一部であるが、その人間がひとり無制限な浪費の許されている唯一の領域で誤りを犯さないという特権をどうしてもっているのか、私にはその理由が分からない。観念の世界には防腐処置もなければ衛生学もない。そしてこういうものは、ここではおそらく病よりも悪いものだろう。思弁の沸騰は、責任の兆候も、ほんのささいな懲罰への懸念もないままに繰り広げられる。観念の、場合によっては秩序を破壊しかねない性質に、私がすこしも反対でないことは強調するまでもない。そんなことに私は関心はない。私が不安を抱いているのは、観念の急激な増殖なのだ。私にはその進行にブレーキをかけるどんな方法も思いあたらない。私は思考の酩酊を、大騒動を〈空論〉と名づけたが、そうすることによって、見捨てられた庭の野草さながらに、いや増す窒息の兆候ともなっている膨張の危険を強調したいからなのだ。野草は、保護と世話を必要とする花々や栽培植物をその根と茂みでたちまち窒息させてしまう。

観念の領域では、この危険はいっそう憂慮すべきものである。そこではドクムギが、イバラが、イラクサが繊細この上ない植物とほとんど見分けがつかない。観念は容積をもたず、またどんな空間を占めることもないから、ひしめきあうその群れが重大な影響をもたらすことを人はうまく想像できない。だが、その流動する不可視の現存は、どんなに力強い思考をも麻痺させ、惑わせ、ブンブンうなり声を上げているリリパット人の群衆がそうするように、縫い込み、寄生植物の下に埋め込むことにみごとに成功する。寄生植物の力は、ただそれが数かぎなくあり、無害のように見えるというにすぎない。思考の条件は植物の条件に似ている。処女林の巨大な軟泥地では、過剰はすくなくともそれ自体のなかに懲罰をもっている。そこに巨木がすくないことはだれにでも分かる。人は象牙のような白さと死の光沢とですぐにこういう木に気づく。巨木はほかの木々に支えられて立っている。さらに同じように、経済で悪貨が、ほかでもないその量が多いために容赦なく良貨を駆逐するように、また生物学で、ガン細胞が正常な細胞を排除するように、〈空論〉はその幾千もの煩瑣、区別、屁理屈で異常に増殖してゆき、ついには厳格な思考を圧倒し、その力を弱め、その一貫性を弛緩させ、その統辞法を粉砕してしまうのだ。あえて実証しえないものとはいわないが、しかし分析不可能な思考の上げ潮を押しとどめうるものがあるとは私は思わない。すべてのやり取り、すべての論争が上げ潮に役立つ。それに抗することは、結局はそれを増大させることだ。私は孔子の処世訓を思い出す。それによれば、賢者は暴動について語ることをみずからに禁ずるということである。思うに、それを断罪するためにおいてすら沈黙するのである。

こういう考えから私は、歴史と考古学の現在の成功を一種の愛情欠如によるものとさえ考えるにいたった。思想書は、まさにその安易な氾濫が私にかきたてる同じような不信感のために、この愛情欠如の犠牲であった。実をいえば、歴史と考古学は、いささかなりと私が好意を抱いていたものだった。もちろん私は、その真摯な態度を高く評価していたが、遠い昔の事件を、それも不確かな闇から甦らせたものでない限りおそらくだれの興味をも惹かないような事件を再構成するために、あんなにも無駄のない努力を、細心綿密な研究を尽くしていることにすくなからず同情していた。そこには何かしら悪循環があるのではないかと思っていた。たまたま私は、ある当意即妙なやり取りを耳にしたが、私の内部にはそれを受け入れ、その毒を増やす土壌がすっかり整っていた。

私のかつての同僚であった優れたギリシア学者に、フランス学士院会員の佩剣授与式が執り行われる席に列席していたときのことだった。その際、いくつかの演説があった。演説者のひとりがある逸話を彼に思い起こさせたが、それはかつて彼がこの演説者に語ったものだった。二人の同僚がストラスブールの聖堂の前を歩いているときのことだった。そのとき、ひとりが相手に椅子作り職人の月給がいくらか知っているかどうか尋ねた。相手はそれを知らなかったし、そもそもそんな些細なことに興味ももっていなかった。「けれども」と最初の者が指摘した「もし君がデルフォイのどこかの神殿で堂守りの給料を明らかにする碑文を発見したならば、君はそこからいったいどれほど専門的な情報と巧みな結論を引き出さないでおくだろうか。それも当時のドラクマ銀貨を現行フランに換算すればどのくらいになるか可能なかぎり決定するために、君があえて試みる大胆な算定のことは別にしても」。この議論は私には反論の余地のないものに思われた。たぶんそれは、もっともらしい議論にすぎなかったが、私に強い印象を与えた。

二人の考古学者の対話がこんなにも残酷に暴き出した歴史的錯覚、観念の価値を結果的に失墜させずにはおかない観念の異常肥大、それは私の、本質的持続性の探求に重大な結果をもたらさずにはおかなかった。石が私に提示したのは、非人間的な不易なもの、したがって人間の弱さとは無縁なものの例であった。

★

当時、私はもっぱら美的観点から鉱物に関心を寄せていたにすぎない。鉱物は私の幻滅をくすぐり、幻滅の口実になった。そのころ、石の取引をしていた数少ない店へ行って偶然手に入れた石を憂鬱な気分で眺めていると、当然のことながら次のような考えが浮かんでくるのだった。つまり、石の紋様や構造は芸術家たちの作品にゆうに匹敵するものだが、新機軸のことが頭から離れない芸術家たちは、それに熱中するあまり、ついには自分たちの作品を自然のいわゆる自然発生的な産物に関連づける。といってももちろん彼らは、そういう自然の産物が、幾千年にわたる手探りの、宇宙的な経験の、原子分裂がその恐ろしい例を与えたばかりの破壊力の、帰結であると思ってみることはないのだと。

おそらく世界は、こういう産物をもって始まったのだ。いまだに生命のない星々に存在しているのは、こういう産物だけだ。私は沈鬱な気分にかられるがままに、好んでこういう産物の冴え冴えとした静けさを一匹の野心的な動物の喧噪に対置したものだ。記憶に絶する遠い昔の無感不動、功績の、そして功績要求の明らかな不在、こういうものと、地球そのものにとっても危険でなかったわけではない勝ち誇っている喧噪とを比べてみるのだった。私は生命を、再生を、人間と作品の無益な増加を、ほとんど邪魔物とみなしたい気持ちだった。私は冒瀆的とはいわぬまでも挑発的な文章を書いたが、公にはしなかった。私自身にとってはそれほど許しがたいものに思われたのである。すなわち、「私は鏡が、生殖が、小説が大嫌いだ。こういうものこそ、私たちを無益にも興奮させる余計なものを宇宙に詰め込んでいるのだ」。[2] 警句には確信よりはとげとげしさがあったが、もし人がこの警句に耳をかたむけていたら、その第一の効果は、警句の作者の誕生を阻むことであっただろう。

もうすこし冷静になった現在、私はこの警句を第二の宇宙に対する抗議の極端な、そして奇妙なほど不器用な方法とすすんでみなしている。第二の宇宙、それは一部は実在のものであり、一部は虚構のものだが、ついには人間を、人間が善良な末っ子として姿を現した、大地と水とからなる小惑星から孤立させる。人間が大地と水とからなるマグマに帰属するものであること、この事実を人間に示す、より明白な、そしてより根源的な発見は現在のところ何もない。人間は自分が自然のコブであり、いまもって自然と一体不可分のものであり、自然の法則の完全な支配下にあるものであるという事実をますます疑うことができない。だが、人間は自分の手の届くところにある自然のエネルギーの利用にもののみごとに成功したために、自然が人間に属するものと素朴に思い込んでいる。しかもその一方では、人間こそ自然に属するものであり、自分が神によって自然のなかに送り込まれたどころか、自然の延長であることをよく承知しているのである。

人間が自然のなかに把握するのは、好きなだけ提供されている豊富な原料だけであり、人間がその可能性に気づき、思うように利用する方法を会得した膨大な力に限られる。自分の発端である世界を人間はもののみごとに変容してしまったため、透明な、そして同時に保護の外皮を通してしかもう世界に達することはない。この外皮こそまぎれもない人間の居住地であり、一個の中間の世界であって、当然のことながら今度こそは自分がこの世界の設計者であり、支配者であることを人間は知っている。原始の世界はおいてきぼりだ。もうそれは技術の、産業のスクリーンを通してしか、街路と道路と町とをそなえた空間の背後でしか人間にその姿を現すことはない。その空間には役所が、工場が、実験室が、病院が、発電所が、あるいは原子力発電所があり、精神活動そのものにさえ指針を示し、夢想にいたる小径さえも切り開く、きわめて目のつんだ組織が存在するのである。それというのも水泡は、大学と同時に図書館を、劇場と同時に美術館を包含しているからであり、読書と見世物のあらゆる場を、思考と発明のあらゆる芽を、人間がその知識と作品とを貯め込むすべての貯蔵庫を包含しているからである。

今日、自然は、ほんの短い間とはいえ人間にはいまもって住むことができないか、人間の行くことのできない場所にしか保たれていない。それ以外のところはどこでも、人間が自然を変容させてしまった。人間は自然のなかに、より快適な、よりなじみ深い、より密度の高い住居をしつらえたが、そこでは光も熱も人間の思うがままになる。自分では意識さえしていない複雑な機械設備が人間の日々の生活を容易なものにする。簡単な電気のスイッチ操作だけで成し遂げられないような重労働も、あるいはうんざりするような計算もほとんど存在しない。と同時に、さまざまの定期刊行物と半ば魔術的な機械が、世界の出来事の光景を、人間がそこから生まれ出た今に残る汚れを知らぬ宇宙を、色つきで、遅滞なく自宅に届けてくれる。もう人間はこの汚れを知らぬ宇宙を、こういう円窓を通してしかほとんど知らない。人間は宇宙を破壊しはしない。それを自分の好みのままに修正し、危険を冒して利用するが、しかしおそらくその時になれば、危険をうまく処理することができるのだ。いずれにしろ、人間は馴化された広がりの限界を絶えず先へ押しすすめる。馴化の及ばぬものは、これを保護区の、あるいは散歩の目的地の状態に落とす。そうであれば、人間が自分を自然そのものとは別のもうひとつの自然であるとみなさないわけがあるだろうか。彼は旅行者として、素朴な、感嘆の情もあらわな、そして必要とあれば、郷愁にみちた慇懃無礼な態度で自然をみつめる。いまや人間は生活しなれたマユに包まれて、自分が自然から生まれたものであることをほとんど思い起こすことはない。自分が原初の同じ粘土でできているとは思わないのだ。

この点に関して、人間が未開の自然に割り当てている場所、厳密にいえば、未開の自然をそこに閉じ込めている場所を指すのに使っている言葉ほど示唆に富むものはない。つまり、公園、保護地域等々……すべてこれらの言葉は、人間が未開の自然に与えることに同意した、まったく装飾的な残留物の状態を明白に示している。もちろんここは、農業、牧畜、あるいは鉱物採掘の行われている大地を問うところではない。こういうものはいわゆる人間の帝国に、つまり、それ自体が思考と計画遂行との派生物である機械の、会社の、伝達手段の帝国に併合されている。機械にしても、会社にしても、伝達手段にしても、いずれも、文学、美術、そして巨大な水泡を作り上げる精神のすべての創造と同じように人間のものであり、人間はこの巨大な水泡のなかでいわば第二の生活を送っている。現在ではこの生活は恒星の空間にまで及んでいる。乗りものと適当な潜水服とがあれば充分であろう。夢と勝利、これはいずれも想像もできないものと思われていた。いまやすべてが手に入ったのだ。

私は想像を逞しくしないわけにはいかない。ひとりの粗野で無知の、卑しい男が、精神の展開への、いまや一種本能的な好みを、つまり有益であると同時に盲目の好みを自分に吹き込むことに、精神の展開への軽信を自分に生み出すことに、こうして無分別にも、ゆっくりと、次いで急激に成功したことこそ、ほかでもない、ときとして私を不安に陥れ、私をして激怒させつづけているものだと。

三　挿話的な種

以上に述べたことから文明の冒険への断罪をゆめゆめ読み取らないでいただきたいと思う。私は未開の自然と同じように文明に連帯感を抱いている。ただ私は一種の逆説を強調したいだけだ。人間は、そのもっとも遠い有史以前の困難な歩みをはじめ、アミノ酸の奇蹟を、生命の、記憶の発生がどんな幸運の累積によるかを、細胞の段階で情報がどのように伝達されるようになったかを、ますますよく知るようになっているが、それも無駄なことである。重要なのは、長い歴史の終わりにのぞんで人間が、自分には比類ない特権があると、その知識でもって堅く信じていることである。偉大な霊長類との漠然とした何らかの類縁関係はやむなく認めはするが、それでも霊長類のなかで青春期なるものを発明し、何年かにわたって自分の性エネルギーを保存し、かくて脳髄の発達を可能にしたのは人間だけである。ごく小さな、しかし乗り越えがたい深淵が、人間を永遠に動物界から切り離しているものと信じている。植物に基本的な呼吸の存在することには同意する。その屈性に感覚の前兆のようなものがあることは認める。だが、人間と鉱物に共通な性質がひとつぐらいはあるかも知れないという考えは、まるで人間には思い浮かばない。ただし、たとえば慣性、熱、電気、磁気といったような外部からの一連の影響を免れないという性質は除く。それに鉱物は、こういう影響を受動的に受け、物理的に、電磁気的に、化学的に反応するばかりで、ほかの反応は考えられないのである。

私は、このように人間から鉱物へと下降してゆく自然の梯子の正確さを否定しない。純然たる精神が石の保護膜の下で成長してゆくなどとはまったく想像しない。鉱物から人間への上昇は、人間を自然の世界から切り離すのに与って力があるが、同時にまた人間はこの自然の世界を、コーキングをほどこされ、制御可能な隔膜をそなえた、個人のものとしての宇宙をもって二重化することにやっと成功した。人間が一般に気候不順に弱い動物として生きるのをやめてしまったという事実こそ、人間に王者の発展を可能にしたのであり、これこそまさに人間の誇りである。にもかかわらず人間は地震を、高潮を、伝染病を、雹を、雷を、そして避けることのできない死を怖れる。だがこういう災厄は、それよりもはるかに価値のある——なぜなら彼はそれを説明するから——優れた存在をすくなくとも襲う。パスカルは、考える葦に関する有名な警句でこの矛盾を要約した。しかも彼はこの警句を自分の責任に帰している。事実、それはきわめて普遍的な、きわめて顕著な態度に対応しており、したがってそれはあらゆる反論を、あるいはあらゆる躊躇いを無効にする。それは人間の内部に、自分の使命、ゆらぐことのない自分の永続性について、不安の念がすこしでも萌《きざ》すのを防ぐのだ。

ところで、人間にその弱さについて反省を促さずにおかないものは、まさに前例のない人間の閲歴である。人間の立場は異常であり、したがって不安定だ。ありあまる知識と天与の才で、人間は素粒子の核からエネルギーを抽き出すことに成功したが、そこにはたっぷりエネルギーが埋蔵されている。よく検証されていない、あるいは無謀なものとは夢にも思われなかった連鎖反応で、エネルギーが過度に放出され、あらゆる物質が気化されてしまうことも考えられないことではない。生命の発生を、次いでその驚くべき運命をつかさどったのは、幸運と必然とが交差する道であったと考えられている。ということは、奇蹟はまた逆方向にも充分に起こりうるということでもある。ひとつの過ち、ひとつの判断ミスによって、生命の享受している厚遇に徐々に致命的な結果がもたらされる危険があり、生命をその偶然の起源に立ち戻るように強い、統計学的な幸運により生命がそこから出現した、無感不動の、不滅の無機質の状態に生命をふたたび戻す危険がある。大数の法則がいずれの方向にもひとしく作用するのを妨げるものは何もないから、いまや無謀な遺伝子操作により一連の長い累積的結果がもたらされる。それらは例外なく有害なものだ。かつては幸運な選択の、変わることのない援助をさいわいにも享受していた、すべての震えているゼラチンが、突然、逆の道をたどり始める。

生命の緩慢な開花をつかさどったメカニズムの偶発的な共謀、決定的な退化には、これ以外のメカニズムは不要である。メカニズムによって作り上げられたすべてのものは、メカニズムによって同じように簡単に破壊される。稔り多い結果の増加が生命を可能にし、次いで知性を、さらには一貫性をもち、検証可能な理性の働きを可能にした。それでもこの過程を逆方向にたどることも依然可能である。

歴史の示すところによれば、本来的な意味での人間の世界には、偶然にでっくわす幸運の不可視の脅威を、そしてそれと対をなす脅威を逃れられるものは何もない。社会体制を危機に陥れるようには見えなかった政治上の措置、取るに足りぬと思われていた習慣の変化、こういうものが結局は帝国の崩壊を導き、通貨の不手際な決定が目まぐるしいばかりの失敗の、次いで破綻の口火となり、経済の崩壊を導く。芸術の領域では、ただ愉快な、あるいは気のきいたものとばかり思われていた新機軸が、徐々に競り上げられていってついには芸術の観念そのものの破産をもたらすことになる。もともとは生命の、あるいは技術のもっとも複雑な、またもっとも驚嘆すべき成果である事態、あるいは歯車装置は、節度ある継続性によって作り上げられたものを解体することもまたできるのであり、知性も意志も頑固さもそこでは何の役にも立たない。最初はごく些細な出来事も、事態の流れを逆転させることができる。すべてのものが付け加わり、関連し、混じり合い、ときには奇蹟を、ときには災厄をもたらすのである。

こういうつながりにはどんな必然性もない。あるのは因果関係であり、それは徐々に凝固していって、たちまち抗しがたいものになる。この現象は、宇宙のそれぞれの水準に現れる。すると今度はこの現象によって、種々雑多な状況に同じような展開が持続していることが明らかになる。反復する（あるいは完了する）すべてのものが成功を収めるときもあれば、更新する（あるいは解体させる）ものだけが歓迎され、実を結ぶときもある。神話においてさえ、四終[1]によって好んで説明されるのは、上昇および下降の段階の継続である。神話は、進歩と退化の宇宙の運動におけるあらゆる事物のつながりを忠実に反映している。いくつかの神学は神々の黄昏を予見したが、別の神学は、交互に襲う大火と大洪水によって世界が周期的に無に帰することを予見したのである。

この点でもっとも完璧な神学は仏教のそれであるが、それはそれ自体の消滅を体系化した。釈迦牟尼みずから、自分の説いている教義の消滅の時期を定めている。それぞれが千年単位の継続する五つの時代は、その漸進的悪化が不可避であることを認めるであろう[2]。仏教もその他のものも衰退と死を免れられない。第一の段階では、信者たちは聖性の位を手にいれることはできなくなるだろう。第二の段階が続いているあいだ、もう人々は些末きわまりない戒律はもとよりほかの戒律も守らなくなるだろう。この段階は最後の仏者が四大禁止[3]を破ったときに終わりをつげるだろう。第三の段階が続いているあいだ、帝王や家臣たちの不信心によって、旱魃と飢饉がもたらされるだろう。正典は、『第三集成』の最終巻を手はじめに『第一集成』の最初の文章までもが失われてしまうだろう。第四の段階になると、僧の身分を示す外見上の徴もみられなくなり、聖衣を染めることもできず[4]、やがて人々が身につけるものといえば、手首あるいは髪の房のまわりに結びつけられた、耳の孔を塞ぐのがぎりぎりの小さな布きれだけである。やがて仏者たちは「こんな小さな布きれがいったい何の役に立つだろうか」といって、その布きれをイラクサの上に投げ捨てるだろう[5]。第五の、そして最後の時代は、もう尊敬も敬愛も失われてしまった仏陀の遺品を残らず蒐集することが特徴となる。ケシ粒大のものであれ、どんなものも途中で見失われることはない。復元された仏陀の体は劫火に焼かれ、火の手は梵天の世界にまで昇ってゆくだろう。まさにこのときを境にして、仏教と呼ばれるであろう宗教は忘れ去られるだろう。

最初の宗教会議のときから、すでに新しい宗教の限界は決定された。新しい宗教を思い起こさせる碑文、著作、説話のたぐいはほとんど存在しない。隣接の、あるいは補完的な宇宙論では、世界の年代の連続は、それ自体いくつかの期間に分割されている周期から構成されている。この期間における人間の寿命は十年を超えることはないが、やがて寿命は徐々に伸びっていって無量となり、また逆転して最初の十年に戻る。二つの周期のあいだに、生き物のいなくなった宇宙は、水、火、風によって徐々に破壊されるのである[6]。

目もくらむようなこういう遠近法を私はやや詳しく語ったが、告白すれば、語るのが楽しかったからだ。これに比べれば規模の大きさの点でも正確さの点でも、ゲルマンあるいはスカンジナビアの神話の神々の黄昏も、エトルリア人の考えた生存期間(7)なるものもはるかにかすんで見える。みずからにきわめてささやかな期限を指定しているために、ある種の年代学では、その期限はとっくに過ぎてしまっている宗教、私はこういう宗教に感嘆する。推測するに、私たちにとって底知れぬ恒星の空間に、また数光年の無限の深みに散在する多くの銀河系についての知識こそ、私たちに同じような謙虚さを余儀なくさせるはずであろう。

永続の欲望は人間の心から消えることはない。最初から根本的な非永続性についての聖なる信条にはぐくまれた仏教徒でも事情は変わらない。幾千もの銘板が仏舎利塔の奥深くに隠され、あるいは洞窟のなかに捨てられていた。これらの銘板を研究したジョルジュ・コデス(8)は、ここには遠い未来をにらんだ慎重さがほとんど瀆聖な好みとひとつになっているさまが読み取れないかどうか自問している。それは無限の彼方の未来の世界――しかもその到来など予想されるはずもない世界――の、ありうるかも知れぬしありえないかも知れない衆生に、とうの昔に消え失せた実在を証し立てようとする好みである。不可避なものに、そして死という無に対する生けるものの、また意識の古くからの抗議は、いつでも、そしてまたどんなに不利な状況にも存在するのだ。

個人はだれも死が避けられないことをたぶん知っている。だが社会、そして個人の作品によって場合によっては豊かになる文化は、はるかに長い記憶をもっている。その記憶が個人をすぐには忘れないという事実に、個人は何がしかの慰めを見いだすが、しかしそれも、多少なりとも長い、いや短い――というべきだろう――期限がある。人類はほかの種よりも、自分が挿話的なものであり、はかないものであることをなかなか認めない。だから自分の未来が、自分を存在に導いたのと同じ偶然に左右されるものだと繰り返すのは余計なことにすぎない。私が鉱物に魅せられた原因は、到達不可能な、そしてまた無益な長寿について、私の内部に一種の畏敬の思いが繰り返し湧いたからではないかと思っている。いずれにしろ、私がおおよそ盲目的で狂気じみた崇拝にいたったった過程は、たんなる偏愛が引き起こしうる倍音よりもずっと多くの倍音を目覚めさせずにはおかなかった。

生き物や事物に自分の感情を投影するのはありふれたおかしな癖である。人はそれを弱点とみなし、素朴な感じやすさとする。だがもし世界が反響《こだま》と二重写しとで織りあげられた単一のものであるならば、ほかでもない作用の一方向性というものこそ不条理なものだ。軽率な衝動の正しさではないにしても、すくなくともその妥当性を回復させるためには、方向を逆転させ、慎重にやるほかはない。だからこそ私は、逆の神人同形論の擁護者をすすんで自任しているのだ。私は人間のなかに硬化したエネルギーの帰結を、あるいは人間以前に存在していた欲望と弱点の帰結を探す。こういう欲望も弱点も、人間の語彙から受け取ることができたのはほとんどそれにそぐわない名前でしかなかったが、それでもすでに遺産となっており、新参者はこの遺産を当然のことながら未聞のものとして採り入れた。私は、決して豊かなものではなかった（おそらくあまり信用していなかった）内面生活から急速に遠ざかった。それを捨てるのに何の苦痛もなかった。それほど私の内面生活は、私自身の目から見れば貧しく、単調で、ほとんど興味のないものに見えた。私は、少年期の日々のように、そうする余裕のあるときはいつも、自分を取り囲む世界へ戻っていったが、それは私の旅によって拡大された世界であり、どういおうと、読書によって教えつづけられた世界であった。もちろん、私は例外はもうけなかった。つまり、私もまた水泡のなかにいたのである。なるほど私は、だんだん小さくなる飛行機で、それから郵便自動車か牡のラバで地球の遠い果てに行ったことはあるが、そこの子供たちの生活と知識のありようは、私が子供のときに経験していたそれと、結局のところそれほど異なるものではなかったし、フランスの田舎の、私の後に生まれた子供たちが現在経験しつつあるそれよりもずっと私のものに近かった。もっとも、こういう比較対象の国々にまで私を運んでいったのは飛行機であり、郵便自動車であり、同じように人為的産物である牡のラバであったが。

長いあいだ私は何かとやりくりしては小旅行の機会を作ったものだが、そこには自然への回帰といったようなロマンチシズムはすこしもない。遅れてやって来た、抜け目のない人類、この人類におそらくは差し迫ったものである宿命的な滅亡という観念に慣れっこになっていた私にとって、できうる限り前方へ突き進み、人類が自然の力に抗して、よそよりはすこしは大地と空と闘いながら、とにもかくにも生きつづけることのできた場所にまで行くのが何よりの願いであった。私は、人類がまず最初に滅びるであろうと信じていたし、いまも信じているが、それは最後に現れた固有名詞の記憶が、まず最初に消えてしまう記憶であることにいささか似ている。それに、その猶予期間がどんなに先に延ばされようと、期限はいつでも明日なのだ。こういう考えから、私はとうの昔に一種の超俗的生き方を導き出した。私がものを書く気になれたのは、私のしていることはいずれにしろ無益なことだ意識して書き始めた瞬間に限られていた。

四　魂の凪

もちろん私にしても、自分の犯している矛盾に驚いていないわけではない。私は自分の書く文章になんとしても明確な美点を与えようとするが、そういうものが何にもましてはかないものであることをなかば職業的に知っている。そういう美点を評価する基準は多様であり、また一定していない。それは磨滅を免れず、過ち、誤解、愚弄に陥りやすく、どんなバカげたものであれあらゆる不測の偶然性に左右されかねない。何より始末におえないのは、私が自分の矛盾を苦にしていないことだ。私は自分の力のおよぶ範囲内で、それもごく些細な点について、宇宙の構成を完成させることにむしろ意地悪い悦びを感じている。私の行動がすみずみまで宇宙の構成に支配されているにしても、こうすることで、ほとんど私的な、何か独立したものを、大胆なものを手に入れることができるという幻想を抱いているのだ。にもかかわらず私は、世界の一体性には私的なものも、それだけ切り離されたものもありえないことを飽きもせずかたくなに明らかにしようとする。あたかも世界の一体性に従うことで思い上がりを克服したいと願っているかのようだ。自然に対しては思い上がりを克服しなければならないとフラシス・ベーコンが断言したように。

私が石を綿密に記述しようと思い立った最後の、そしてもっとも曖昧なモチーフは、たぶんここにある。まるで言葉によって石を二つにしたいと願ってでもいるかのように、私はその綿密な記述が反復に近いものになるのが見たいのかも知れない。私は入念にモデルとして採り上げる石を、いやそれ以上に石が誘い出すイメージを選び、たまたま石を知るようになるかもしれない人が、まさに世界の一体性の確信を、すくなくともその推測をさらに強くするようにイメージのすべてを充てるのだ。

と同時に私は、自分の文章に石と同じ透明性を、できれば同じ硬度を——どうして不可能なことがあろうか——同じ輝きを与えようと努める。同時にまた、文学に抱いた私の最初の不信の念、いささか安易に人に眩暈起こさせるある種の詩を無駄を承知でたしなめたときに私の告白したためらい、こういう不信の念もためらいも、私が嘘をついてはいないと確信しているがゆえに、また私の語っているのが感覚のない鉱物であるという理由からも、やわらぐ。一言でいえば、厳密さに未聞の詩をさぐるという私の奇妙な試みは是認されていると感じるのだ。

物の発端に存在する石は物そのものと混同される。しかも石にとって決定的に無縁な人間的なものは何ひとつ存在しない。すべてのものが不可避的に解体したあとでも、石は恒星空間のなかに残存するだろう。束の間の寄生生物の名残は、もう石の内部ふかくに残る痕跡にすぎないだろう。だれのためのものでもない化石。石を記述するのは、一瞬、石の永遠性を映しだすにひとしいと、腹黒い悪魔が私にささやく。石の形を正確に見極め、そのきわだった特徴を数え上げる前に、私は石をいつまでもじっとみつめ、何回も、疲れはててしまうまで石に立ち戻っては細部を確かめる。あるいは石を別の角度に置いてみる。稀な瞬間だが、強烈な夢想に私の注意力は中断され、私の思考は統制力を失う。私はイメージが急襲してきて石を延長するのは許すが、石に背くことは許さない。私は何かの啓示がやってくるまで待たない。私がいつも目の前にしているのは単純な一個の石だ。それはどんな小さな秘密も私に明かさない。ある遠い不在のなかで自分が無と化してしまう印象があるわけでもない。私が感じるのは、ある静かな幸福感だ。それがどういう努力に、あるいはどういう美徳に対するものかは知らないが、何か償いを受けたような気持ちなのだ。私は、自分のものとは知らなかった知の堅信を受ける。

私は注意深く、じっと見張っている。ほんのすこし成り行きにまかせながら、知的でもあれば感覚的でもある光景を味わい楽しむ。その光景をほかの人にも味わってもらおうとして、私は両義性のある言葉に、中心となる名称に、二重の、多様な意味に頼ろうと考えるが、これらのものの響きとアナロジーは、消え去るまえに相互のあいだで響き合う反響《こだま》を発する。はかない残響。

思うに、残響によってあらかじめ私にもたらされる充実は、世界との和合のしるし以外の何ものでもない。共謀についてのすばやい印象は、一瞬、延長と持続とを消し去る。世界の核である石よ、お前の形、お前の大きさは世界の暗号だ。ある一瞬の静謐感で私はこのことを確信するが、その静謐感には、神秘的な霊感に伴うひらめきや興奮とは何も共通なものはない。そういうものよりずっとあざやかにはっきりと、私は二重写しと相互干渉の網の目を感じ取るのであり、これこそが私の慣れ親しんだ世界考察の方法なのである。

この直感はすでにその強度を失っていても、私から奪い取られることはないだろうと、私は愚かにも堅く信じている。私の眺めている石は、かつてのそれとは別の、ものいわぬ鉱物に戻った。もうそれは何の合図も返してこない。だがそれが何だというのか。別の石が、すぐにも、明日にも、時折りは私の心を充たしてくれるだろう。ひとつひとつの石に私が見いだす、不変の、比類ない同じ承諾を私に贈ってくれるだろう。この承諾こそ世界の安定性というものだ。

感動への道をさらに押し広げるために、私は自分の抑制力を断念する気にはどうしてもなれない。もっとも感動とはいっても、それはどんな熱狂をも必要とするものではないが。魂の混乱を、酩酊を、承知の上で促すのは熱狂ではない。それは卑下だ。私は細部をみつめ、それと一体となり、脳裏にすぎないにしろ、それを描き出しながら、世界の迷路のほんの小さな片隅のイバラを取り除く。そこから統辞法を引き出すことができればと思うのだ。こういう仕事は、通りすがりの不虞者の手には負えない。

この細部そのものにしても、私に使える欠陥をかかえた語彙で、即座に再構成することはおそらくできないだろう。私が――どういえばいいのだろう――服従契約すればいいのだ。そのほかのことはどうでもいい。目を離すことのできなかった結晶の多角形の構造を、ジグザグ模様の眩暈を、催眠的なみごとさを私は表現し損なうことだろう。私には隠喩を追いかけてゆく以外に、どんな試みもおぼつかない。そして隠喩の力を借りて、夢のような空虚な幻像から私が予感を、約束を引き出し、内容はもたないもののたぶん一切の言説を廃棄する、心やすらかな確信を引き出したことを理解してもらわなければならないだろう。そして逆説的なことながら、これこそ私が書くことを正当化するものだということを。

詳しく述べるまでもないが、私は安易な幻覚の練習をしているのではない。エクスタシーに似たものは私は何も感じない。私がしばしば熱心に記述した状態、それはわずかに強度をともなう静かな状態である。その背後でそれを支えているもの、それはどんな神学でもなければ、自然との融合ですらない。私の感じた感動がみずから意図したものではなく、また私がいつのまにか感動にひたっているようなことがあるにもかかわらず、感動はなおのこと堪え忍ぶものではない。それは秘められたままだった欲望を充たす。すくなくとも欲望をともなう。そこには超自然的なものもなければ、形而上的なものさえない。たまたま私が読んだ、同じような現象を喚起している作品で、私がそのとき感じていることを、あたう限りそれに近いかたちで思い起こさせたページは、人格の変容をともなう神との合一に人間の条件を忘れて恍惚となった偉大な聖者たちの熱烈な告白でもなければ、何かの麻薬に取り憑かれた中毒患者の打ち明け話でもない。それはフーゴー・フォン・ホフマンスタールがチャンドス卿の書いたものとしているまったく世俗的な報告である。チャンドス卿はフランシス・ベーコンに最後の手紙を書くが、ベーコンは『新機関』の著者、現代論理学の創始者であり、また奇妙なことには博物学者でもあり、『森の森』をはじめ『生死の自然史』、『風の自然史』、『粗密の自然史』などといった不思議な表題の著作を書いており、さらにはシェークスピアの戯曲の作者に擬せられている一人である。チャンドス卿が、今後一切の文学活動を放棄する理由を説明するために、意味ふかくも選んだ相手はこのような人物なのである。

チャンドス卿フィリップ、そしてアルペイオスの流れは、もう自分の書いた古い本のことは覚えていない。そこに彼が見届けるのは、無益な言葉の組み合わせにすぎない。彼の計画そのものさえ、もう意味があるようには見えない。どんな些細な一般的な観念、どんなにありふれた事実の確認でさえ、それを述べなければならないと考えると、いまや彼は不安に捉えられる。彼にはすべてのものが同じように嘘っぽちで、一貫性に欠けているように見える。だがそれでも、人間の言葉では実感させることのできない高揚の瞬間を彼にしても経験することはある。彼は自分の挙げる例の愚劣さを手紙の相手にわびる。

「たとえば一個の如雨露、畑にうち捨てられている馬鍬、日向にいる犬、みすぼらしい墓地、不虞者、一軒の小さな農家、こういうすべてのものが私の啓示をもる器になることができるのです。こういうあらゆる物と、そのほかの多くの同じような物、いつも私たちの目が自明の無関心さをもってその上を掠めてゆく物が、突然、ある瞬間に――この瞬間を呼び寄せることはいかにしても私にはできませんが――私にとっては、きわめて崇高な、感動的な相貌を帯びてくるのであり、そのためその相貌を表現するためには、すべての言葉が私にはあまりにも貧しく思われるのです」。

ときには、目の前に存在していない情景のイメージが問題になるときもある。それは酪農場で出口を無益にも探し求めている断末魔のネズミのイメージであるが、彼はそこに毒薬を播いておくように命じたのであり、そしてネズミの苦悶をぞっとするようなたくさんの細部とともに思い描くのである。またときには、読書の想い出の場合もある。すなわち、リウィウス(1)の物語に語られているアルバ・ロンガ(2)の住民の姿、都市が破壊されるに先立って街々をさまよい歩き、地べたの石ころにさえ別れを告げている情景であり、あるいは飼い慣らされたウツボの死に涙を流しているクラッスス(3)の姿である。彼は、クルミの木の下に置き忘れられていた、水をはった如雨露のなかを一方の端からほかの端へと泳いでいる一匹のコガネムシの姿を振り払うことができない。

それ以来というもの、その木のそばを通るたびごとに彼は目をそむける。そのとき、彼の意識の無感覚は、彼自身と世界とのあいだに潜んでいる調和の感覚に、つまり「不可解な、言語を絶した、無限の恍惚」に席を譲る。彼の告白によれば、いったんその不思議な恍惚状態から醒めてしまえば、もうそれについては詳細なことは何ひとつ語ることはできないだろう。それはちょうど、彼の言葉によれば、「自分の内臓の内部の運動や、あるいは血液の鬱積について」詳細なことは何も語ることができないのと同じである。

こういう感動は、つい今しがた彼を捕捉できないもののなかに突き落とした言葉の混乱といったようなものではない。それは、ある深い単一性の内奥に彼を参入させる。まず第一に注目しなければならないことがある。つまりそれは、このホフマンスタールの作品には、宗教的な言及、あるいは言葉のもっとも広い意味での、たんなる啓示的な言及さえ見られないということである。彼の味わう感情、それが彼に教えるのは、事物の本質的な無益性にほかならない。彼はこの感情を無益性の前で武装解除する。彼の覚える幸福には灰の味が残る。しかも彼は、この幸福を文学的才能の空しさに対置する。彼がここから引き出す束の間の感動は、無を一時的に、優しく受け入れること、そして受け入れたあとでは、心はれやらぬ断念にわが身を委ねること、これ以外に何ひとつ積極的な性質を見せてはいないのである。

神学的な影響力をもつ啓示が超自然的なものの否定でもありうること、それればかりか啓示は彼岸の此岸への還元以外に何ももたらさないこと――これは考えられないことではない。啓示は聖なる神秘を明らかにするのではなく蒙を啓くのだ。アフリカあるいはオーストラリアの奥地をはじめ、イスラム教のある種の異端のセクトに見られる多くのイニシエーション儀礼が教えているのは、否定的な啓示であって、神の、隠された真理の啓示ではない。それどころか、神々も存在しなければ、神の、隠された真理も存在しないということである。新加入者たちが儀礼を通して学ぶのは、彼らを恐怖に陥れた恐ろしい仮面は超自然的な存在ではなく、彼らと同じような、あるいは年上の、変装し、アクセサリーを身につけた人間であるということである。イニシエーションは若者たちに、いまや同じ衣装をまとい、同じ道具、同じ身振りを用いて、新加入者たちに、女や俗人たちに有益な恐怖を体験させる資格を与える。(4)

この場合、政治と信仰とはほとんど切り離せない。フランシス・ベーコンの手紙の相手の場合は、権力と倫理への言及は一切ないし、また純朴な人々を惑わすようなシニシズムへのあこがれもまるでない。いまや彼はかつてないほど小心で、臆病であり、ほとんど気力を失っていて、もうしゃべる気も起こらない。試練は、作家としての彼に、言葉の無能と欺瞞についての自覚を、大貴族としての彼には、財産と名誉の空しさについての自覚を与えただけだった。ある陳腐な出来事を介して突然やってきた啓示、生きとし生けるすべてのものの条件についての、悲劇的でもあれば不可避的な、名状しがたい条件についての啓示は、出口のない現実を彼の目から覆い隠していた仰々しい幕を切り裂く。それはあらゆる解釈の——言説であれ、行為であれ、敬意であれ、無意識であれ、レトリックであれ——無益さを彼に明らかにする。憐憫でさえも、死に追いつめられた一匹の薄汚いネズミの、憎悪と絶望とをたたえた眼差しの光景——それも想像されたものにすぎない——の生み出した冷酷な明視の目こぼしに与ることはない。一匹のネズミの死は皇帝の死にひとしい。しかも人間の言葉はそのいずれをも表現することはできないのである。

想像上のチャンドス卿フィリップ、彼が書いたかどうか疑わしい手紙の筆者は、沈黙を選んだ。実在の作者ホフマンスタールは書きつづけたが、私にとっては若年の折りの一読以来、きわめて鋭い洞察力に満ち、かつ感動的なものと思われつづけた作品の悲壮な美しさに及ぶものは何も書き残さなかった。この作品のフランス語訳が発表された一九二七年の雑誌の古いバックナンバーを、私はいまでも大切に、ほとんど後生大事に保存している。

この作品に描き出されている状態と同じような状態を、自分から望んだわけでも他人から唆されたわけでもないのに、後年かならず感じ取るはずだと、当時は思ってもいなかった。私は特に作品の倫理的な影響力に強い印象を受けたが、このような見地から、私はこの作品を、すでに触れたレフ・トルストイの『イワン・イリイッチの死』にいつも結びつけた。というのも、その教訓はまさに同じものだからである。二つの作品が似ているという私の印象はいまも変わらないが、それでも現在、私には事態は別のように見える。外観の失墜、もうこんなことは私には重要とは思われない。むしろ逆だ。なぜなら、私が石を記述しながらほとんどひたすら努力しているのは、石の外観をのみ正確に表現することであり、言葉による石の写しの一種を手に入れることだから。

だが主な相違はこういうことではない。石を、死に窺われることのない生命なき媒体を選んだということである。チャンドス卿は、自分には禁じているものの、恍惚感に占める憐憫の役割に目をつむることができない。恍惚感は宇宙との決定的な合一感を味わうことを一瞬、彼に許すにしても、同時にまた「極端な失望と無力」のなかに彼を突き落とす。彼の挙げているいくつかの例はきわめて意味深長である。つまり断末魔のネズミ、助かる希望もないままに泳ぎまわっている昆虫、ウツボの死を嘆き悲しんでいるクラッスス。いつでも死の宿命が、そしておおよそ、理不尽な暴力としての死の宿命が、生きるという単純な悦びをあらかじめ無に帰しているのである。なるほど、このような条件のもとでは、書くことにはもはや意味はないし、またどんな幸福ももたらされはしない。だが生命なきものを、したがって死に脅かされることのないものを称揚することは？　いましがた述べたように、私が石に惹かれたのは、石が思考と生命の対蹠地に存在していたからであり、なかんずく人間の、またその右往左往の、あるいはお望みならその歴史の、空しい有為転変の正反対の位置に存在していたからである。私はいままで石についてさまざまな記述をしてきたが、ひとつの石、すなわち三つ一組の二番目の石について書いた結論は、これらの記述のすべてにもまた一致するだろう。私はこの三つの瑪瑙を、すべての誤解を避けるために、

偽教訓的なものと名づけた。すなわち、

「賢者は年代記を鼻であしらい、どんな言葉もどんな事件も語っていない珪石の例の古記録をじっとみつめる」。

私は石をみつめることで得られる静かな熱狂の状態を指すものとして、「唯物論的神秘思想」という言葉を提出したことがある。もっともその意味をすぐに限定してしまったが。だがそれでも、私が強調しておいたいくつかの相違にもかかわらず、オーストリアの詩人の打ち明け話との共通点は、私たちがともに感じ取った同じような感動の無神論的性質に、まったく非宗教的な性質にある。感動は詩人には書くことを放棄する作家を想像させたが、逆に私には書く理由を与えた。それも、そのときまで私に書くことを納得させていた理由に、私が疑いの目をむけつつあったその瞬間に。

何かが私を唆して、言葉という私の自由になる唯一の手段でもって石を真似るように仕向けたのだ。それはまったくの幻想であり、漠然とした隠喩であり、幻影であったが、私はその幻影によって、カナリア諸島の二つに裂けた竜血樹の、私のなじみの象徴図を自分のために甦らせるのだった。そこは世界の十字路の二重写しが果てしなく響き合っているところである。思い返してみれば、このイメージは、ほかでもない私が石について書いた最初の著作で私にはすでに抜きがたいものだった。石の構造を、その荒い手ざわりを、無感覚を反復する文章で石に近づくこと、そして石の微妙な可能性が文章に染みこみ、あるいは文章が鉱物のひややかな永続性に何がしかの保証を見いだすこと――こんなことをも私は想像していたのである。つまり私は往復運動のチャンスを見つけたのだ。私は満足だった。私は、感情や事物を認識し、あるいは表現する自分なりの方法にいささか過度にのめり込んだ。脆弱な想像力がこの上なく手強い不活性体《イネルシ》に結びつき、それを糧とし、それとかかわる相互浸透、私はこの相互浸透に騙されながらも、その受け取り人であった。私は至福を味わったが、だからといって源泉から、つまり起源であり目的である石から遠ざかることはなかった。至福は私を源泉へと導き、そして同時に、私はアルペイオスの流れとなった。僥倖、学者たちの場合には、幸運な研究と決定的な着想をともない、詩人の場合には、両立不可能な外観の対立を解消し、外観を突如、分かちがたいものと化すひらめきをともなう禁欲的な陶酔に確かによく見合った僥倖。

　神秘的忘我というよりは詩的感動《ショック》、つまり、すべてを受容しようとする熱烈な精神状態。この状態を保証するには、鉱物の永続性の加担が、そして一瞬の泡が必要である。感動は、あたかも微風のように、そして季節のように、立ち去っていっては再び戻ってくる。私は詩についていくつかの定義を与えようとしたことがあるが、その定義で、ときには言葉の錬金術を、ときには記憶の支配を可能にする韻律の装置を強調し、ときにはまた正確で、啓示に富み、世界の錯綜した織り目に即応したイメージの探求を強調したこともあった。これらの個々の要素が、それぞれいかなる理由から、またどのようにほかの要素にまさるものであるかは充分これを強調しなかった。だがそれにもかかわらず、私は謎の役割について留意するよう配慮し、その起源を無駄とは知りつつも問いつづけた。いま私がみずからに問うているのは、世界の個々の所与は、私がさまざまな石から徐々に受け取った測り知れぬほど深い感動にも比せられる、それに匹敵する慰めを、どんなに準備の足りない人にももたらすことができないかどうかということである。そういう人は、この慰めの力や援助が最初は分からないが、それは徐々に彼にとっては盾にもなれば、ワクチンにも、コクのあるブドウ酒にもなる。それは詩句に（同様に散文に）、権威を、護符を、また薄暗がりを、その力と差異とを作り出す不完全な秘密を、付加する詩的魔術の源泉ではないか。詩的感動は人に詩を書かさずにおかない。けれどそれは詩を書く助けにさえならないし、むしろ人を沈黙に誘う。欲望が抑えられると、残っている闇の部分が、ある種の反響でもって言葉を照らし出すが、しかしこの反響の起源は、消えうせた星々の光の、あわい返照の光のように不可視のままである。「測り知れぬほど深い感動」という言葉を使ったとき、私は別に、何か到達不可能な深みのことを考えていたわけではなかった。そうではなくむしろ、おのずから無限に再生し、増加し、内面の聴覚を新しい回廊に導いてゆく反響《こだま》、満ち足りた魂を、そして予感からすでに新たに渇きを覚えている魂を宙づり状態におくことのできる特権をもっているかも知れぬ、あのなつかしい反響《こだま》のことだった。否定的なイニシエーションの場合と同じように、詩が一連の無意識的記憶と予兆とを鳴り響かせるのは、おそらく無効とされた知識に準拠することによってだが、そのとき、無意識的記憶と予兆は、欲望の瞑府のなかでのように、想い出の穹窿の下に跳ね返る。しかもそこに甦るのは、ただ無限の空無、静かな高揚、すでに人口過剰の孤独にすぎず、そこではすべてが始まらなければならなかったのである。

★

読者にお願いしたいが、私が結局のところ詩に、それも奇妙なことに自分が偏愛し、最高のものと目している詩に帰しているのは、詩を築き上げ、それを永続させる特質ではなく、詩を廃棄する特質であると、ゆめゆめ誤解なさってお考えにならないでいただきたい。

私は迷宮のなかをそぞろ歩く。そしてそこでしばしば同じような目印に、あるいはほとんど同一の目印に出会う。石が、この碁盤縞模様の宇宙の細密絵と化した、オリジナルのモデルを私にもたらす。石は、あらゆるところで私の理解を超えた統辞法と、一瞬、私を和解させる。自分を忘れることに同意すればいいのだ。私はほとんど擬態にひとしいこの訓練を、念のため詩的魔術と名づける。それは私にはどんな幻想ももたらさない。それどころか、私にひとつの任務を強いるのであり、しかもそれが取るに足りぬものであることを私に教えるのは、ほかでもないこの訓練なのだ。私はこの訓練に甘んじる。これ以上に満足のゆくものを、ほかに何ひとつ見つけ出したことはないのである。

アルペイオスの流れが海に流れ込んだのはべつに驚くに当たらない。それがすべての川の運命なのだから。もっと稀な運命のいたずらで、それは海から出て、別の岸辺にたどり着いた。自分が追いかけていたニンフのことも、蜃気楼のことももう念頭にはない。いまそれに分かっているのは、再び大地にたどり着いたからには、小さな、底知れない深淵に――岩のなかの小さな裂け目に、あるいは池の底を掻き立てる小さな渦巻きに、つまり水を吸い取る逆の流れの泉に――ようやく姿を消すだけだということである。

訳注

プレリュード

（1） duplication. 二重にすること、転じて、写し、複写等の意味がある。本書一九〇ページにも見られるように、この言葉はカイヨワの宇宙＝世界認識の方法にとってキーワードのひとつともいえる重要なものである。参考までに次の文章を引いておく。「私のもうひとつの関心は……宇宙を反映、反響、二重写しの網の目として考察するように私を導いてきた。宇宙にはそれぞれ異なった水準もあれば機能もあり、特質もあるが、しかしそのいずれの等価物もまったく予期せざる条件に適合して存在しているのであり、そのためこの網の目の存在は、最初は人を途方に暮れさせもすれば、見誤らせもするのである……私の推測によれば、想像的なものの、また錯乱のそれをも含めて、ひとつの界に存在する特質は、まったく相反する界においてさえ必ず別の形をとって現れるのである。……」（『詩へのアプローチ』序文。*Approches de la poésie*, Gallimard）。

第一部

一

（1） pied. 長さの旧単位で約三二・四センチ。

(2) **mormolyce.** マレーシアおよびインドネシア地方の森に棲息する体長一〇センチの大きなオサムシ。鞘翅類。オサムシ科。
(3) macroglosse. 小さなスズメガ。鱗翅類。
(4) 一般名は以下それぞれ、キアゲハ、クジャクチョウ、タテハチョウ、アカタテハ。
(5) ケチュア語はペルー、ボリビアの高地に住むインデアンの土語。グァラニ語はパラグァイの土語。
(6) ブラジルの国旗には「秩序と進歩」(ORDEM E PROGRESSO) の標語がある。
(7) カイヨワよりほぼ一世代年長のミシェル・レリス(一九〇一年生まれ)にも同じ経験があったようだ。参考までに『成熟の年齢』から引用する。「ぼくが無限の概念と最初にはっきりした接触をもったのは、オランダ商標のついた、ぼくの朝食の糧であるココアの箱のおかげだ。この箱のひとつの面はレースの帽子をかぶったひとりの百姓娘を描いた絵で飾られていたが、その娘は、左手に、同じ箱をもち、ばら色のあざやかな顔にほほえみをうかべながらその箱を指さしていた。こうしてぼくは、同一のオランダ娘を無限回も再現する同じ絵の無限の連続を想像しては、いつまでも目まいのようなものにとらえられていた……」(松崎芳隆訳、現代思潮社)。

二

(1) *Bellone ou la pente de la guerre*, La Renaissance du livre. 『戦争論——われわれの内にひそむ女神ベローナ』秋枝茂夫訳、法政大学出版局。
(2) シリア砂漠のオアシスにあって繁栄した古代都市国家。廃墟は十八世紀に発見され、現在ではバール大神殿、列柱のある街路、凱旋門などが発掘されている。

（3）　コンスタンチヌス大帝の建設にかかるバシリカ風地下貯水池。カイヨワの他の一文を引用しておく。「……幾百という列柱、黒ずんだ水面に影を落としているかずかずのアーケード。水はもう都市を潤す役には立っていないが、地下の内陣の高さを二倍にしている。あたかも対称の内陣が下方の世界から自分を迎えにやってきたかのようである。この闇の寺院は、いくつかの採光換気窓を通してしか見えないが、コルドバの大モスク寺院よりも地中に埋まっているようには私には見えなかった……」（『碁盤の目』。*Cases d'un échiquier*, Gallimard, p. 158）。

（4）　何かの伝承を踏まえているようにも思われるが詳細は未詳。これについてもカイヨワの一文があるので引用しておく。「……カリフたちの建物は〔前記地下貯水池より〕ずっと広く、ずっと低く見える。そして夕方になれば、ずっと暗く見える。なるほどそれは二倍の広さがあるが、しかし大切なのはこのことではない。ある陰険な魔術で別の効果が作り出されているのだ。長短とりどりの列柱、間隔もまちまちの飾りのすくない柱頭、カトリック教徒による破壊で分断されてしまった列柱の線、そしてまず第一に、林立する柱身に支えられているアーチの上に重ねられている第二のアーチによって消し去られてしまったかのように、目に見えない高さ。無益な倍加が始まり、そしてそれが夢のような無限を予測させるが、しかしそれはたちまち闇に蝕まれてしまう。探訪者は、こうした策略、こうした呪詛にあって算術の広大無辺のなかに孤立してしまうが、それは深淵のような広大無辺でも、また必ずしも人間の建てた建物の広大無辺でもない。いわばそれは闇から生まれた世界、不可解な測量杭の立っている世界である。……」（前同書、p. 159）。

（5）　さしあたり『碁盤の目』所収の一文「隠された建築」が思い浮かぶ。それにしても、ヴェルヌ『暗黒のインド諸国』、キルヒャー『地下の世界』等への言及をみても、カイヨワの〈地下の世界〉への関心には目をみはるものがある。「隠された建築」から一節を引用しておきたい。「……秘密の建築もまた内部を指向するが、おそらくそれが提供しているのは、鉱物が、迷宮が、そして思うにその他の多くの似たものが提出している罠の、もうひとつの現れにほかならない。人生そのものについても同じだ。人は狭く、暑苦しい、暗い隘路を通ってそこへ入ってゆくが、最初は自分に約束されていると思われた啓示にだれも出会うことはない。私がそうしたように、人はそれぞれ壁の亀裂を、石の集積を、柱の連なりを見ては気を晴らすが、始源へ帰ることのできる道はない。道に迷ったり、追い立てられたり、そうかと思うと放心したりしながら十字路から十字路へとさまよい歩いてはついには力つきるのだ。息絶える前に、限りない迷宮の、隠された建物を予感できた者はさいわいなるかな。……」（前同書、p. 162）。

（6）ポセイドンとガイアの子、巨人。ヘラクレスと戦って殺されるが、投げられて母なる大地に触れるたびにますます強くなるので、ヘラクレスは彼を持ち上げて絞め殺したといわれている。

三

（1）ナントの勅令廃棄後、強まる宗教弾圧に抗して南フランス、セヴェンヌのカルヴィニストたちの起こした叛乱（一七〇二―五）。カミザールという名は、叛徒たちの着ていた白いシャツ（カミソ）にちなむ。

（2）未詳。

（3）Acherontia atropos. 鱗翅類。その胸部の頭蓋骨の模様から「頭蓋骨‐スフィンクス」といわれる。カイヨワによれば、ストリンドベルイはこの模様を次のように説明しているという。「……問題のスズメガは、ナス科の有毒草本、菲沃斯《ヒヨス》の液汁を食物としているらしいが、この汁は大視症《メガロジー》を惹き起こす、つまり事物の姿《ヴィジョン》を大きく見せるという。一方、この蛾は足繁く納骨所にやって来るので、それだけ髑髏を見る機会が多くなる。そこで、ちょうど、嬰児の皮膚に、妊娠中に満たされなかった母親のさまざまな欲望が、痣《あざ》などのごとく、〈母斑〉として現れるといわれているように、蛾の胸部に髑髏の斑紋が印されるであろうと……」（『メドゥーサと仲間たち』中原好文訳、思索社、一七五ページ）。なお『蛸』（塚崎幹夫訳、中央公論社、九ページ）をも参照。

（4） Juliusz Slowacki (1809–49). ポーランドの詩人、劇作家。一八三〇―一年のワルシャワの民族蜂起に参加し、その愛国詩により有名になる。その後、おもにパリで亡命生活を送る。『精霊による創世記』は一八四四年の作品。

（5） Adam Mickiewicz (1798–1855). ポーランドの詩人。ロマン派詩人として出発したが、一八三一年以降、次第に宗教的、神秘主義的傾向を強めてゆき、パリ亡命後、同地で出版された『ポーランド国民とその遍歴の書』は、ポーランド史の概念を述べるとともにメシアとしてのポーランドの役割を述べている。四〇―四四年にはコレージュ・ド・フランスでスラブ文学を講じている。

（6） Omar Ibn el Faridh. アラブ文学史上最大のスーフィー詩人 Ibn al Farid (1182–1235) のことと思われる。

（7） Ruysbroek l'Admirable (1293–1381). アドミナーブルはあだ名。ベルギー領ブラバン州生まれの神学者、神秘思想家。その神秘思想はルター、デ・ロヨラなどに影響を与えたといわれる。『霊の結婚の喜び』などの著作がある。

（8） パラケルスス、そして同時代の錬金術や自然魔術において、「事物の記号《シグナトルム・レルム》」あるいは「記号の術《シゲヌーム》」とは、外部の表象から隠された内部を透視する方法の謂だが、この点については種村季弘氏の『薔薇十字の魔法』および『パラケルススの世界』を参看されたい。参考までにカイヨワの他の文章を引いておく。「……古代の中国人たちと同じように、私もまた個々の石をひとつの世界と考えたい。私はパスカル同様、原子から星雲に及ぶ二つの無限のさまざまなモデルは一致するものと考えるし、またパラケルスス同様、物の各種の記号が、つまり多様であると同時に一定の型《パトロン》が存在するものとすすんで想像する。多様であるがゆえに一見驚くべき様相を呈しながらも、宇宙が列挙しうるものならば、型は反復されなければならない。……」(『石再考』 *Pierres réfléchies*, Gallimard, p. 9)。

またボードレールの〈コレスポンダンス〉の背景にも、パラケルススのこの理論があるという。「……ボードレールはパラケルススから再び〈事物の記号〉に関する古いシステムを取り出した。スヴェーデンボルグ、そしてなかんずくポー、『言葉の力』の、数々の形而上学的対話のポーとが、この古いシステムを拡張し、感覚的なものの彼方にまで移し換えるチャンスを彼に与えたのである。……」(『碁盤の目』、p. 248)。

(9) Hoëné Wroński (1778–1853). ポーランドの哲学者。哲学を絶対理性に妥当させようとしてその数学化を試み、みずからの哲学を「絶対哲学」あるいは「メシアニスムス」と名づけた。十九世紀ポーランドの代表的思想家の一人。

(10) Saint-Yves d'Alveydre (1842–1909). 『インドの使命』(*Mission de l'Inde*, 1910) で知られるフランスの東洋学者。

(11) *Pimandre* (『ポイマンドレス』 *Poimandres* ともいう)、いわゆるヘルメス文書の集成の別名。M・フィチノによる最初のラテン語訳が行われたのが一四六三年、フランス語訳はこれよりほぼ一世紀後の一五七九年、訳者はF・ド・フォア。若き日のボードレールの友人ルイ・メナールのフランス語訳は一八六六年に出版されている。カイヨワが読んだのは、このメナール訳ではあるまいか。

(12) おそらくヴィクトル・ユーゴーを指していると思われる。カイヨワの一文を引く。「……ヴィクトル・ユーゴーは、ゲルヌゼー島に亡命した時に、こっくりのお告げをうけていくつかのアレクサンドランを書き、それを詩にとり入れる。ユーゴーに話しかけに来るもの、彼の文体に入りこんでくるもの、は実に多い。彼の死んだ娘、シェークスピア、ブルータス、自由、そしてアンドロクレスのライオン。……」(『詩法』佐藤

東洋磨訳、国文社、一〇〇ページ）

（13）辻直四郎訳に拠る。ただし引用の仏文に従ったところもある。

（14）*Amers.* サン＝ジョン・ペルスの詩集『航海目標』（五七年）。

（15）*Anabase* (1924). ただしここは、多田智満子氏の指摘のようにクセノフォンの『アナバシス』（*L'Anabase*）を踏まえていると思われる。多田智満子訳『サン＝ジョン・ペルス詩集』（思潮社）参照。

（16）ドフィーネ・アルプスの最高峰。海抜四一〇三メートル。

（17）『シーシュポスの岩』（*Le Rocher de Sisyphe*, Gallimard）所収。

（18）パンタ・アレナス、パイネ、プエルト・ナタレスはいずれもチリ領。ウルチマ・エスペランサについては未詳。

（19）Anacalonfs. 未詳。

（20）『文学の思い上がり』（桑原武夫、塚崎幹夫訳、中央公論社）二一九ページ、『老子』第八十章参照。

（21）実際にどういう規則にもとづいて行われるチェスなのか分からない。あるいは文字通り想像上の〈妖精のチェス〉なのかも知れない。カイヨワの文章を引く。「……アンドレ・シェロンはその『芸術的チェス』で、普通おこなわれている規則に新しい種類のいくつかの規則をつけ加えている。特に〈忍耐によって修正された偶然〉への軽蔑として、彼が〈観念〉に帰しているきわだった重要性は意味深いものといえるだろう。問題はもっとも経済的であると同時にもっとも驚くべき組み合わせを……発見することである。……いずれにしろ、アンドレ・シェロンがチェスのさまざまの問題を作る上で準則としている規則は、探偵小説のすぐれ作家たちがその芸術のために採用した法則と不思議なほど似ている。事実、物語を始めるに先立って、自分に課したいくつかの規則を、主人公と読者とを対等の立場に置く規則を、あらかじめ明らかにする作家がひとりならず見られるのである。妖精のチェスに関する一般的な軽蔑でさえ、探偵小説の愛好家たちが、あまりに特殊な事実が利用されている（まったく古典的なやり方であっても）のを前にして感じる不快感に比べられないものはないのである。……」（『碁盤の目』、p. 45）。

（22） A. Toussenal (1803–85). ジャーナリスト、作家、また熱心なフーリエ主義者。ここでカイヨワが『情熱的動物学』と呼んでいるのは正しくは『動物の精神、フランスの狩猟と情熱的動物学』（四七年）という。他に『鳥の世界』（五二年）という著作もある。ちなみに、これらの本を読んだボードレールの、トウスナル充ての有名な手紙（五六年一月二十一日付け）が残されている。

（23） Lotus de Païni. 未詳。

（24）『モンゴル秘史』（全三巻、村上正二訳注、東洋文庫、平凡社）を指すと思われる。

（25） Constantin Porphyrogénète. 未詳。なお前記アンケートは「理想の図書館のために」というテーマでレーモン・クノーの行ったものである。カイヨワが前記二冊の他にどういう作品を挙げたのかはつまびらかにしないが、二十年前ならと断りながら彼の挙げている作者および作品には次のようなものがある。ネルヴァル（『オーレリア』）、ジョン・ディー（後出）、『ウパニシャット』、ストリンドベルイ、バルザック（『ルイ・ランベール』）、ノーヴァリス、ニーチェ、リラダン、ルネ・ギール、ロートレアモン、ゲーテ（『緑の蛇』）、フローベール（『聖アントワーヌの誘惑』）、サン・ジュスト、アンドレーフ、老子、ブレイク等。（『碁盤の目』、p. 224 参照）。

（26） Ambroise Paré (1509–90). フランスの外科医。現代外科および法医学の父といわれる。

（1）「マタイ伝」六−二八を踏まえているかも知れない。「……野の花（ユリ）がどうして育っているか、考えてみるがよい。働きもせず、紡ぎもしない。」

（2）ブルトンとの関係を語っている一文で、この点についてカイヨワは次のように書いている。「……『狂気の愛』に採録され、謎とみなされている金属の薄片の格子が、十九世紀のドイツで学生たちの試合に使われていたフェンシング用の仮面であることを、後年私はつきとめた。その後、私は完璧な防禦用の役を果たす皮とステッチの網で覆われた仮面をみつけた。今でも、この半仮面ほどにも人を感動させるものをそう多くは知らない。……」（『碁盤の目』、pp. 220–21）。なお仮面については、『メドゥーサと仲間たち』『遊びと人間』（多田道太郎・塚崎幹夫訳、講談社学術文庫）および「仮面の影」（『碁盤の目』所収）参照。

五

（1）多田智満子訳に拠る（『サン゠ジョン・ペルス詩集』、思潮社）。

（2）『幽霊用パリ十五区小ガイド』（*Petit guide du XVᵉ arrondissement à l'usage des fantômes*, Fata Morgana）、pp. 19–20。

（3）『幻想のさなかに』（三好郁朗訳、法政大学出版局）、三〇—三一ページ、『記号の野』（*Le Champ des signes*, Hermann）、p. 49 参照。

（4）Jean-Paul Laurens (1838–1921). フランスの最後の歴史画家のひとり。パンテオンの「聖ジュヌヴィエーヴの死」の壁画は有名。「一批評家」については未詳。

（5）『諸世紀の伝説』第三十八部Ⅲ。なおマイソールはインド南部の都市。王宮はインド・イスラム風建築の白眉として有名。またフィルダウシー（935/6?–1025/6?）はペルシャ文学最大の叙事詩人。

（6）『詩のまやかし』（*Les Impostures de la poésie*）で、カイヨワはある種の詩の寓話性ないし教訓性の見本としてユーゴーのこの詩を引用している。「……ユーゴーのこの詩篇は、これらの寓話の典型のように私には見える。その寓話が模範的なものであり、いわば教化的なものであることを人は見抜くが、しかしなぜそうなのか確実に見破ることはできない。……」(『詩のまやかし』は『詩へのアプローチ』に再録された。『詩へのアプローチ』、p. 26)。

(7) この間の事情について次の文章を引いておく。「……彼はニューヨークにいたが、私はブエノスアイレスにいた。彼は私にヴィルフレド・ラムの挿絵入りの詩集『蜃気楼』の出版を私に託したが、それはフランスでは出版できず、幸いその校正刷を彼がもって来ていたものだった。私はそれをジュール・シュペルヴィエルの『不幸なフランスのための詩篇』とサン＝ジョン・ペルスの『流謫』とのあいだに出版した。それは詩について私たちの好みを、観念を比較する文通の機会だった。思い出せば、私がユーゴーの短い、謎めいた詩篇を彼に教えたのはその折りであり、その詩篇は彼を虜にした。……」(『碁盤の目』、pp. 219–20)。

(8) 『イメージと人間』塚崎幹夫訳、思索社、四七―八ページ。

(9) 『幻想詩篇』には次のような詩句が見られる。「色薄い紫陽花《あじさい》が緑の桃金嬢《ミルテ》に咲き交じる!」(詩篇「ミルト」中村真一郎・入沢康夫訳、『ネルヴァル全集』第一巻、筑摩書房、一九七五年)。

(10) 「兜をいただく頭」稲生永訳、同全集、第一巻。

(11) カイヨワにメンデレーフ讃の一文がある(『碁盤の目』所収)。

六

(1) géode. 岩石や鉱脈中にある空洞。晶洞という訳語が当てられることもある。晶洞の内壁には、鉱物結晶がしばしば群生している。

(2) 『神話と人間』(久米博訳、せりか書房) および『蛸』参照。

(3) このテキストは「ムジュール」誌第二号(一九三八年)に発表され、現在では『朝課の三つのテキスト』(*Trois leçons des ténèbres*, Fata Morgana) に収録されている。

(4) 自然の威力と人間とその文明のはかなさについては『碁盤の目』所収の一文「ラテン・アメリカを讃えて」参照。

(5) これは「ラバの木々」と題する一文を指すと思われる。(『詩へのアプローチ』、p. 19 以下)。

(6) ケンタウロス族の一人。ヘラクレスの妻デイアネイラを犯そうとしてヘラクレスに殺される。のちにヘラクレスが彼の上着を着たため死にいたったことから、「ネッソスの上着」とは、死の贈り物の意にも用いられる。

(7) Amazonie. 南米、アマゾン川流域の総称。

(8) キノーの脚本に、リュリーが曲をつけた五幕もののオペラ『アルミード』の女魔法使い。したがって「アルミードの庭」とは魔法の庭ほどの意。〈庭園〉については、カイヨワに「可能な庭園」と題する一文がある。「……あらゆる庭園はキルケーないしアルミードの庭園である。つまり変幻きわまりない光景であり、自然の区域《カントン》であると同時に、視線に魔法をかけるタブロー、ないしは探訪者を迎え入れ、その面目を施させる絨毯である。……」(『石再考』、p. 21)。

(9) M. de Kerdrel. エピグラフのランボーの詩に「ド・ケルドレル氏のユリ」とある人物で、詳細は不明だが、王党派。ユリはフランス王家の紋，したがって王党派にとっては紋章のようなもの。

(10) Maranta Makoyama. クズウコン科カラテア属に属するものを園芸上ふつうマランタという。植物学上のマランタは、マランタ科。

(11) siccas. 未詳。ソテツ cycas の一種と思われるが、確認できない。
(12) 原文は l'arbre *gencko*. おそらく *gencko* は漢字の漢音表記と思われるが、それがどういう漢字に当るか不明。あるいは *ginkgo* 「銀杏《ぎんちょう》」かと判断して、「イチョウ」とした。
(13) ペロタ競技で前腕にはめて用いる細長いかご状のラケット。
(14) signine. 未詳。
(15) カナリア諸島のひとつ。
(16) sempervivume. 鉢植えにし、またワラ屋根などに生じ、多肉粉緑色の葉をレンゲ状に群出する草本。ベンケイソウ科。
(17) banyan. インド産のクワ科植物。枝から多数の気根を生ずる。
(18) 熱帯アフリカに産するトウダイソウ科の木。その樹液と果実は有毒。〈死の木〉、〈毒樹〉といわれ、その木陰で眠れば死ぬといわれる。
(19) パラグァイ領の都市。デ・イグナツは未詳。
(20) ブラジル産のチョウで、その名も八八といわれる。(『メドゥーサと仲間たち』、八四ページ参照)
(21) ウェルギリウス『農耕詩』二 - 一七三。
(22) John Dee (1527–1608). イギリスの数学者、占星術師。なおグスタフ・マイリンクにディーを主人公にした『西の窓の天使』という小説がある。
(23) 参考までに次の文章を引く。「ヘルメス思想にとって、通俗化学者の目からみればサートゥルヌスは鉛である。しかしヘルメス哲学者たちにとっては、それは黒色、溶けて腐った物質の色であり、あるいはまた第一金属、共通銅である。……サートゥルヌスは占星学者たちの不吉な星であり、その陰鬱でぼんやりした光は、太初より人生の悲しみと試練とを喚起するものであった。……」(『シンボル事典』。*Dictionnaire des symboles, pie à z*, Seghers, p. 152. 詳細は『世界シンボル大事典』大修館書店、「サトゥルヌス神」の項参照)。

(24) ombu. グァラニ語。無弁、上位子房の双子葉類に属する植物。アカザ科、タデ科に近い。パンパに生える唯一の木。

七

(1) 曹灰長石ともいう。斜長石の一種。灰色、無色、緑色または褐色で、北アメリカのラブラドル産のものは青色の閃光を発する。ハンレイ岩、玄武岩など塩基性火成岩に含まれる斜長石は多くはラブラドル長石である。

(2) 「それ自身の像の住みついている結晶の針晶は、幽霊水晶といわれる」(『石』。*Pierres*, Gallimard, p. 58)。

(3) ドイツ、フンスリュック山地の麓の町。宝石加工、売買の中心地。

(4) pierres à images. 要するに〈絵入りの〉あるいは〈模様入りの〉石ということだろう。「形象石」というときには、pierre figurée (figured stone) という言葉が使われているようだが、しかしこれは、たとえば大理石、水晶などの鉱物学上の分類名ではなさそうである。(『イメージと人間』、一七六―七七ページ、訳者注参照)

(5) pierres-à-masures (pierres-aux-masures). 「……この二種類の大理石とは、フィレンツエ地方の地層から出た、一名をあばらや石ともいう廃墟図入りの大理石、paesine (小さな村の意=引用者) であり、一つは、イギリスのグロスター州の、もう大分前から密集した貸家がたち並んでしまったカタム周辺の石切場から出た、風景画入り大理石である」(『石が書く』岡谷公二訳、新潮社、二二一―二三ページ)。

(6) アフリカ、スーダン地方に散住する民族。人種的には東ハミート系に属するといわれる。女性の美貌は有名。

（7） anabase. クセノホンの『アナバシス』（*L'Anabase*）を普通名詞化したもの。〈遠征〉ないし〈帰還〉の意味がこめられているものと思われる。第一部三の訳注（15）を参照。

第二部

一

（1）『反対称』塚崎幹夫訳、思索社、一七ページ参照。

（2）現在では『朝課の三つのテキスト』の表題で一冊にまとめられている（*Trois leçons des ténèbres*, Fata Morgana）。

（3）『記号の野』という表題で出版されている（*Le Champ des sognes*, Hermann）。表題についていえば、もとは「ハーメルンのネズミ捕り男」であったものを、版元の意向を容れて上記の表題にしたという。

（4）イヨンヌ県の人口六千足らずの町。「……採石場はトンネールからほぼ一キロ、モンバール方面へ右折する短い間道に面している。採掘面の高さは二十メートル。燧石のノジュールは、地上からほぼ六メートルのただひとつの層にある。ノジュールの間隔は比較的開いている。長さは、ときに五十センチを超えることもある。……」（『記号の野』、p. 85）。

（5）Ernest Chladoni (1756–1827). ドイツの物理学者、実験音響学の大家。ここに述べられている実験は「クラードニの図形」として有名。なお『記号の野』には、クラードニおよびその実験について詳しい紹介がある（p. 36 以下）。

（6）「聖人伝」とは、この場合、コーラン（「七人の眠り男」）および聖書（「エリコのラッパ」）の伝承を指し、「叙事詩」とは『平家物語』を指す。

（7）「……沈んだアトランティス大陸の頂であると軽率にも信じられているカナリア諸島でのみ、二つに裂けた巨大な竜血樹は、空の青いスクリーンを背景に、その巨大な葉むらを、結晶の角のように同一で重なった熊手でもって広げているのだ。……世界とはこのような一本の木だ。……」（『石』、p. 102）。

（8）reseaux periodiques. 網の目、碁盤の目、メンデレーフの周期律表などのイメージがこの言葉には込められているが、適当な訳語が思いあたらない。

二

（1）cogitation. ラテン語 cogitatio から出た言葉だが、現在では古語であり、皮肉な意味にしか使われない。やむなく「空論」とした。

（2）ある回想の一文で、カイヨワはこれとほとんど同趣旨の言葉を引き、これを書きつけたのは、自然科学の本以外もう何も読めなくなったときだったと語っている（『出会い』。*Rencontres*, PUF, p. 56）。

三

（1）fins dernières. 死、最後の審判、天国、地獄の四つの相のこと。

（2）この一節の記述で、カイヨワがどのような仏典（ないし参考文献）を踏まえているのかつまびらかにしない。仏教の末法思想では仏の教えが次第に形骸化されてゆく過程としては普通、正像末の、いわゆる「三時」の考え方があり、一説では正法千年、像法千年、末法一万年の時間単位で考えられている。また親鸞の引く『月蔵経』では、仏滅度ののちを五つの時代に分けているが、しかしそれぞれの時代は五百年ということになっている（『教行信証』、金子大栄校訂、岩波文庫、三七三ページ以下）。いずれにしても本文の記述と合わない。

（3） les quatre interdictions majeures. 確認できないが、いわゆる「四顛倒」を指すと思われる。

（4） たとえば「……大術経によるに、仏涅槃ののち、……千三百年に袈裟変じてしろからん」（『教行信証』、三七七ページ）。

（5） ここは「頭巾をイラクサに投げる」＝「還俗する」という言い回しを踏まえている。

（6） この一節は、宇宙は壊・空・成・住の四つの段階を一周期とする変化を永遠に繰り返す、という仏教コスモロジーを踏まえている。

（7） カイヨワによれば、エトルリア人は、すべてのものが人間と同じように誕生と死とでくぎられた生存期間をもっていると考えた。「……その理論によれば、……各の都市、各の民族、各の帝国、つまり個々の人間と同じように、いっさいのものが誕生と死との間に刻みこまれている閉じられた生存期間を所有している。そしてこの生存期間は前もって定められた一定数の世紀にまたがっているのである。……」（『斜線』中原好文訳、講談社学術文庫、四八ページ）。

（8） Georges Coedes (1886–). フランスの歴史家、東洋学者。カンボジア、インドネシア研究で著名。

四

（1） Titus Livius (59B.C–17A.D) 古代ローマの歴史家。伝記の詳細は不明。『ローマ建国史』を残す。

（2） イタリアのラティウム地方の最古の都市。紀元前八世紀にトゥルス・ホスティリウスによって破壊された。

（3） Marcus Licinus Crassus (114–53B.C) ローマの執政官。カエサル、ポンペイウスとともに三頭政治を行った。

（4）　イニシエーションのもつこういう側面を「否定的な教育」と呼んで、カイヨワは次のように書いている。「成人儀礼、すなわち通過儀礼とは、しばしば、仮面のまさに人間的性格を新参者に明らかにすることである。この視点よりすると、成人儀礼とは無神論的、不可知論的、否定的な教育である。それはごまかしの種を明かし、その片棒をかつがせるのだ。その時まで、青年たちは仮面の出現を怖れていたのである。〔ところが〕仮面の一人が鞭をもって彼ら青年のあとを追う。儀式執行者にうながされて、青年らは仮面を捕らえ、抑えつけ、武装解除し、その衣装を引きさき、仮面をひっぺがえす。すると彼らは、部族の古参者の一人をそこに認めるのである」（『遊びと人間』多田道太郎・塚崎幹夫訳、講談社学術文庫、一六二—六三ページ）。

訳者あとがき

本書は、Roger Caillois, *Le fleuve Alphée*, Gallimard, 1978. の翻訳である。原著の表題は『アルペイオスの流れ』であるが、私たちにはややなじみのうすい言葉ではないかと考え、邦訳の表題をご覧のように『旅路の果てに』と改めたことをまずお断りしておく。原著の表題の、始源への回帰というニュアンスが失われてしまうのは致し方ないとしても、本書をご一読いただければ、邦訳の表題があながち内容を逸脱したものではないことがおわかりいただけるのではないかとと思う。

原書には註はない。したがって本書の巻末の註は、すべて訳者によるいわゆる訳注であるが、人名、地名などを除けば、その多くはカイヨワの先行著作との関連の確認、およびそこからの引用より成っている。思想的自伝ともいうべき本書の性質を考えるとき、著者の関心の所在、その持続のありようを確認する上で、いくらかでも役に立てばと思ったからである。なお、本書により著者カイヨワに、一九七八年、マルセル・プルースト賞が与えられていることを申しそえておく。

★

著者ロジェ・カイヨワは、周知のように、一九七八年十二月二十一日、脳内出血により急逝した。六十五歳だった。いま手許の資料によると、この年、カイヨワは五冊の著作をたてつづけに公にしている。すなわち、『朝課の三つのテキスト』、『旅路の果てに』、『詩へのアプローチ』、『出会い』、『記号の野』、以上五冊である。このうち『出会い』および『詩へのアプローチ』は、序文、注記などを別にすれば、前者は三〇年代以降に、後者は四〇年代以降に発表された論考、エッセーのうち、それぞれの表題にかかわりのあるものをまとめて一冊としたものであり、『朝課の三つのテキスト』および『記号の野』は、過去四年ほどのあいだに発表されたものを、注記などを加えて一冊としたものである。従って以上の五冊のなかでは、本書が、書き下ろしとして刊行された、事実上、最後の著作ということになる。いずれにしても、一年間に五冊といういささか驚異的なペースで著作が刊行されたわけで、これは四十年以上に及ぶカイヨワの著作活動のなかでもほとんど前例のないことである。

この、尋常ならざる著作活動をカイヨワに強いたものは何だったのか。若年期以来の文業を二冊の本にまとめ、おのれ自身の思想的形成を自伝のかたちで書きすすめているカイヨワの姿を想像するとき、彼を深いところでつき動かしていたものは、あるいは迫り来る死の予感ではなかったのか。こういえば、カイヨワの死を見届けた者の勝手な推測と聞こえるかも知れない。だが、本書をはじめ彼の晩年の著作には、どこかに悲痛なひびきの流れていることもまたまぎれのない事実なのである。たとえば、物語「サートルヌスに倣いて」。本書にも述べられているように、ここには「メランコリアI」の制作を思い立つデューラーの姿が描かれているが、このときこの画家の内面を見舞ったのは、カイヨワによれば、たとえば次のような事態であった。

「彼は瑪瑙の板をじっと見つめていた。背後にはランプの焔がゆれていた。すると、アスファルトといおうか、煤といおうか、黒ずんだ光輪のなかを昇ってくる（それとも沈んでゆく）黒い天体のあることに気づいた。……彼もまた、これといって対象のない、形而上の、果てしない陰鬱な気分に捉えられた。何もかもが無益だという気持ちがつきまとって離れなかった。学問、芸術、快楽の空しさ思うと吐き気がした。突然、彼は自分が第八番目の大罪、それに捉えられるや〈創造〉についても、宇宙や自分自身の身に起こる一切のことについてもまるで興味をなくしてしまう、あの〈罪のある悲しみ〉の犠牲者であると感じた。……そして今や一個の石を見つめることが彼を捉えて離さなかった」。

デューラーに仮託されて語られているこの感慨を、本書を書いていたときのカイヨワの感慨ととっても、あながち間違いではあるまい。「学問、芸術、快楽のむなしさ」とは、おのれの文業のみならず、「勉学、読書、研究、関心」のほとんどすべてを「括弧」にくるという決断、取りようによっては厳しい自己断罪とも考えられる決断をしたとき、カイヨワ自身が感じ取っていたものに違いあるまい。そしてデューラーが絶望の底で一個の石を見つめていたように、カイヨワにとってもまた最後の拠りどころはほかでもない一個の石であった。

思えば、幼いカイヨワに世界‐宇宙のアナロジーにはじめて目を開かせたものは、ムスクトンという、ありふれたひとつの物であった。いま彼は石という物を介して、世界‐宇宙のアナロジーの跡をたどる。アナロジーといったが、なんなら〈コレスポンダンス〉といいかえてもよい。一個の石の表面に、回帰し、響き合い、重なり合うイメージ。それはいわば世界‐宇宙の冗語法《プレオナスム》ともいうべきものであり、詩《ポエジー》といってもいいものだ。なぜなら、詩というものがひとり人間にのみ固有の現象ではない以上、石の言葉、石のエクリチュール、いいかえれば石の詩というものもまた存在するはずのものであるからである。これこそ一個の石を介して、カイヨワが求めていた究極のものではなかったか。

本書の最終章が『チャンドス卿の手紙』をめぐって展開されているのもゆえないことではない。言葉の無能性に、言葉と現実との乖離に、したがってまた言葉（観念）の無秩序な自己増殖に絶望したチャンドス卿が最後に求めていたものもまた、いわば石の言葉ともいうべき、ある「未知の言葉」にほかならなかったからである。ベーコン宛の手紙の末尾に、彼は次のように書いている。「私がそれによってものを書くばかりでなく、考える言葉としておそらく与えられている言葉は……その単語のひとつでさえ私には未知の言葉ですが、それによってものいわぬ事物が私に語りかけ、その言葉を用いて私は、いつの日にか墓に横たわるとき、ある未知の裁き手の前で申しひらきをすることになるだろうと思うのです」。

★

本書の訳出に当っては、塚崎幹夫氏に文字通り何から何までお世話になった。そもそも本書の翻訳を勧めて下さったのは塚崎氏であり、非力をもかえりみずお勧めに従い、まがりなりにも責任を果たすことができたのも、ひとえに氏の慫慂と、ご援助をいただいたからにほかならない。訳者としてはただ、このつたない訳業が、いまは亡きカイヨワ氏を深く敬愛しておられる塚崎氏の期待に応えられたかどうか心許なく思うばかりである。ここに篤くお礼申し上げる次第である。

最後に、本書の翻訳を企画され、何かとご鞭撻をたまわった法政大学出版局の稲義人氏、それに編集担当の松永辰郎氏に御礼の言葉を申し述べておく。

昭和五十七年七月

訳者

改訳版訳者あとがき

改訳版の上梓に当たり、旧訳の見直しを行った。出来映えのほどはともかく、すくなくとも旧訳の誤りを正すという訳者としての最低限の責めだけは果たせたのではないかと思っている。

もっとも「厳密さに未聞の詩をさぐる」（本書、一八八ページ）ところのあるカイヨワの行文は、読み手にとっては陥穽でもあり、それに足をとられる危険がないとはいえない。この改訳がこれをよく回避できたかどうか、まあ、この点は読者諸兄のご判断に待つほかはあるまい。

またこの機会に、旧訳の「訳注」について、いくつかの補塡を行った。たとえば、カイヨワの著作からの引用の場合、それがすでに邦訳されているものであれば、訳者名、書名、出版社名、当該ページ数を表記するのを原則としてきたが、その訳書が文庫に入っている場合は、文庫名を明記することにした。また引用の著作が未邦訳の場合は、上記のような基本的な情報は、すべてフランス語で表記することにした。いくらかでも読者諸兄のお役に立てばと考えたからである。

今回の改訳に当たり、その機会を与えて下さった法政大学出版局の大度に敬意を表するとともに、何かとお力添えをたまわった編集担当の前田晃一氏に末筆ながら篤く御礼申し上げる。

なお、本書の表題を、フランス語原著のそれに従い、「アルペイオスの流れ」に変更し、「旅路の果てに」を、いわば副題にしたことを申し添えておく。

二〇一八年一月

訳者

《叢書・ウニベルシタス　1078》
アルペイオスの流れ
旅路の果てに〈改訳〉

2018年4月27日　初版第1刷発行

ロジェ・カイヨワ
金井 裕 訳
発行所　一般財団法人　法政大学出版局
〒102-0071 東京都千代田区富士見 2-17-1
電話03(5214)5540 振替00160-6-95814
組版: HUP　印刷: 三和印刷　製本: 積信堂

Printed in Japan

ISBN978-4-588-01078-1

著　者

ロジェ・カイヨワ（Roger Caillois）

1913年、フランスのマルヌ県ランスに生まれる。エコール・ノルマルを卒業後アンドレ・ブルトンと出会い、シュルレアリスム運動に参加するが数年にして訣別。38年バタイユ、レリスらと「社会学研究会」を結成。39–44年文化使節としてアルゼンチンへ渡り『レットル・フランセーズ』を創刊。48年ユネスコにはいり、52年から《対角線の諸科学》つまり哲学的人文科学的学際にささげた国際雑誌『ディオゲネス』を刊行し編集長をつとめた。71年よりアカデミー・フランセーズ会員。78年に死去。思索の大胆さが古典的な形式に支えられたその多くの著作は、詩から鉱物学、美学から動物学、神学から民俗学と多岐にわたる。邦訳に、『戦争論』、『幻想のさなかに』（以上、法政大学出版局刊）『遊びと人間』、『蛸』、『文学の思い上り』、『石が書く』など多数。

訳　者

金井　裕（かない・ゆう）

1934年、東京に生まれる。京都大学仏文科卒。訳書に、カイヨワ『夢の現象学』、『ポンス・ピラトほか――カイヨワ幻想物語集』、シオラン『絶望のきわみで』、『時間への失墜』、『悪しき造物主』、『欺瞞の書』、『敗者の祈禱書』、『シオラン対談集』、『ルーマニアの変容』、『カイエ 1957–1972』（日本翻訳文化賞、日仏翻訳文学賞受賞）など多数。